國民韓語
會話大全集

韓文字是由基本母音、基本子音、複合母音、氣音和硬音所構成。

其組合方式有以下幾種：

1.子音加母音，例如：저(我)
2.子音加母音加子音，例如：밤（夜晚）
3.子音加複合母音，例如：위（上）
4.子音加複合母音加子音，例如：관（官）
5.一個子音加母音加兩個子音，如：값（價錢）

簡易拼音使用方式：

1. 為了讓讀者更容易學習發音，本書特別使用「簡易拼音」來取代一般的羅馬拼音。
   規則如下，
   例如：
   그러면 우리 집에서 저녁을 먹자.
   geu.reo.myeon/u.ri/ji.be.seo/jeo.nyeo.geul/meok.jja
   ----------普遍拼音
   geu.ro*.myo*n/u.ri/ji.be.so*/jo*.nyo*.geul/mo*k.jja
   ------------簡易拼音
   那麼，我們在家裡吃晚餐吧！

   文字之間的空格以「/」做區隔。
   不同的句子之間以「//」做區隔。

基本母音：

基本母音：

	韓國拼音	簡易拼音	注音符號
ㅏ	a	a	ㄚ
ㅑ	ya	ya	ㄧㄚ
ㅓ	eo	o*	ㄛ
ㅕ	yeo	yo*	ㄧㄛ
ㅗ	o	o	ㄡ
ㅛ	yo	yo	ㄧㄡ
ㅜ	u	u	ㄨ
ㅠ	yu	yu	ㄧㄨ
ㅡ	eu	eu	(ㄜ)
ㅣ	i	i	ㄧ

特別提示：

1. 韓語母音「ㅡ」的發音和「ㄜ」發音有差異，但嘴型要拉開，牙齒快要咬住的狀態，才發得準。
2. 韓語母音「ㅓ」的嘴型比「ㅗ」還要大，整個嘴巴要張開成「大O」的形狀，「ㅗ」的嘴型則較小，整個嘴巴縮小到只有「小o」的嘴型，類似注音「ㄡ」。
3. 韓語母音「ㅕ」的嘴型比「ㅛ」還要大，整個嘴巴要張開成「大O」的形狀，類似注音「ㄧㄛ」，「ㅛ」的嘴型則較小，整個嘴巴縮小到只有「小o」的嘴型，類似注音「ㄧㄡ」。

基本子音：

	韓國拼音	簡易拼音	注音符號
ㄱ	g,k	k	ㄎ
ㄴ	n	n	ㄋ
ㄷ	d,t	d,t	ㄊ
ㄹ	r,l	l	ㄌ
ㅁ	m	m	ㄇ
ㅂ	b,p	p	ㄆ
ㅅ	s	s	ㄙ,(ㄒ)
ㅇ	ng	ng	不發音
ㅈ	j	j	ㄗ
ㅊ	ch	ch	ㄘ

特別提示：

1. 韓語子音「ㅅ」有時讀作「ㄙ」的音，有時則讀作「ㄒ」的音。「ㄒ」音是跟母音「ㅣ」搭在一塊時，才會出現。
2. 韓語子音「ㅇ」放在前面或上面不發音；放在下面則讀作「ng」的音，像是用鼻音發「嗯」的音。
3. 韓語子音「ㅈ」的發音和注音「ㄗ」類似，但是發音的時候更輕，氣更弱一些。

氣音：

	韓國拼音	簡易拼音	注音符號
ㅋ	k	k	ㄎ
ㅌ	t	t	ㄊ
ㅍ	p	p	ㄆ
ㅎ	h	h	ㄏ

特別提示：

1. 韓語子音「ㅋ」比「ㄱ」的較重，有用到喉頭的音，音調類似國語的四聲。
   ㅋ＝ㄱ＋ㅎ

2. 韓語子音「ㅌ」比「ㄷ」的較重，有用到喉頭的音，音調類似國語的四聲。
   ㅌ＝ㄷ＋ㅎ

3. 韓語子音「ㅍ」比「ㅂ」的較重，有用到喉頭的音，音調類似國語的四聲。
   ㅍ＝ㅂ＋ㅎ

複合母音：

	韓國拼音	簡易拼音	注音符號
ㅐ	ae	e*	ㄝ
ㅒ	yae	ye*	一ㄝ
ㅔ	e	e	ㄟ
ㅖ	ye	ye	一ㄟ
ㅘ	wa	wa	ㄨㄚ
ㅙ	wae	we*	ㄨㄝ
ㅚ	oe	we	ㄨㄟ
ㅞ	we	we	ㄨㄟ
ㅝ	wo	wo	ㄨㄛ
ㅟ	wi	wi	ㄨ一
ㅢ	ui	ui	ㄜ一

特別提示：

1. 韓語母音「ㅐ」比「ㅔ」的嘴型大，舌頭的位置比較下面，發音類似「ae」；「ㅔ」的嘴型較小，舌頭的位置在中間，發音類似「e」。不過一般韓國人讀這兩個發音都很像。

2. 韓語母音「ㅒ」比「ㅖ」的嘴型大，舌頭的位置比較下面，發音類似「yae」；「ㅖ」的嘴型較小，舌頭的位置在中間，發音類似「ye」。不過很多韓國人讀這兩個發音都很像。

3. 韓語母音「ㅚ」和「ㅞ」比「ㅙ」的嘴型小些，「ㅚ」的嘴型是圓的；「ㅚ」、「ㅞ」則是一樣的發音。不過很多韓國人讀這三個發音都很像，都是發類似「we」的音。

硬音：

	韓國拼音	簡易拼音	注音符號
ㄲ	kk	g	ㄍ
ㄸ	tt	d	ㄉ
ㅃ	pp	b	ㄅ
ㅆ	ss	ss	ㄙ
ㅉ	jj	jj	ㄗ

特別提示：

1. 韓語子音「ㅆ」比「ㅅ」用喉嚨發重音，音調類似國語的四聲。
2. 韓語子音「ㅉ」比「ㅈ」用喉嚨發重音，音調類似國語的四聲。

*表示嘴型比較大

目錄 CONTENTS

Chapter 01 一日三餐

Chapter 02 各種話題

Chapter 03 日常生活

Chapter 01

一日三餐

Unit1
早餐

오늘 아침 메뉴는 뭐예요?
o.neul/a.chim/me.nyu.neun/mwo.ye.yo
今天的早餐是什麼?

아침 식사는 준비됐어요?
a.chim/sik.ssa.neun/jun.bi.dwe*.sso*.yo
早餐準備好了嗎?

아침을 먹읍시다.
a.chi.meul/mo*.geup.ssi.da
我們吃早餐吧。

아침 식사로 뭘 드시겠어요?
a.chim/sik.ssa.ro/mwol/deu.si.ge.sso*.yo
您早餐要吃什麼?

빨리 옷을 갈아입고 아침을 먹어라.
bal.li/o.seul/ga.ra.ip.go/a.chi.meul/mo*.go*.
ra
快換好衣服吃早餐吧!

나 아침에 밥 먹고 싶어요.
na/a.chi.me/bap/mo*k.go/si.po*.yo
我早上想吃飯。

엄마 , 오늘 아침은 뭐예요 ?

o*m.ma//o.neul/a.chi.meun/mwo.ye.yo

媽，今天的早餐是什麼？

집에서 가족들이랑 아침을 먹었어요 .

ji.be.so*/ga.jok.deu.ri.rang/a.chi.meul/mo*.
go*.sso*.yo

在家和家人們一起吃了早餐。

오늘은 김밥 먹자 .

o.neu.reun/gim.bap/mo*k.jja

我們今天吃紫菜飯捲吧。

저도 아침으로 토스트를 먹고 출근해요 .

jo*.do/a.chi.meu.ro/to.seu.teu.reul/mo*k.
go/chul.geu.he*.yo

我也是早餐吃了吐司再去上班的。

아침을 먹을 시간이 없었어요 .

a.chi.meul/mo*.geul/ssi.ga.ni/o*p.sso*.sso*.
yo

沒有時間吃早餐。

情境會話：
詢問對方是否吃過早餐（對上司）

A：부장님, 아침 은 드셨어요 ?
bu.jang.nim//a.chi.meun/deu.syo*.sso*.yo
部長，您吃過 早餐 了嗎？

. . . .

B：지금 먹고 있어 .
ji.geum/mo*k.go/i.sso*
正在吃。

. . . .

A：맛있게 드세요 .
ma.sit.ge/deu.se.yo
您慢用。

. . . .

B：그래 . 이따 봐 .
geu.re*//i.da/bwa
好，待會見。

. . . .

A：제가 먼저 회의실에 가 있을게요 .
je.ga/mo*n.jo*//hwe.ui.si.re/ga/i.sseul.ge.yo
我先去會議室喔！

本文生字

부장님
bu.jang.nim
部長

드시다
deu.si.da
吃（먹다的敬語）

이따
i.da
等一下、待會

替換單字練習

점심
jo*m.sim
午餐

저녁
jo*.nyo*k
晚餐

디저트
di.jo*.teu
餐後甜點

情境會話：
詢問對方是否吃過早餐（在家裡）

A：민지야, 아침 먹었어?
min.ji.ya//a.chim/mo*.go*.sso*
旼志，你吃早餐了嗎？

B：아직이요.
a.ji.gi.yo
還沒。

A：토스트 먹을래.
to.seu.teu/mo*.geul.le*
你要吃 烤土司 嗎？

B：네, 우유는 어디에 있어요?
ne//u.yu.neun/o*.di.e/i.sso*.yo
好，牛奶在哪裡？

A：냉장고에 있지.
ne*ng.jang.go.e/it.jji
在冰箱裡囉！

本文生字

아직
a.jik
尚未、還沒

우유
u.yu
牛奶

냉장고
ne*ng.jang.go
冰箱

替換單字練習

식빵
sik.bang
吐司

와플
wa.peul
鬆餅

삼각김밥
sam.gak.gim.bap
三角飯糰

情境會話：
詢問對方是否吃過早餐（同事之間）

A：준수 씨, 아침 먹었어요?
jun.su/ssi//a.chim/mo*.go*.sso*.yo
俊秀，你吃早餐了嗎？

- -

B：아니요. 못 먹었어요.
a.ni.yo//mot/mo*.go*.sso*.yo
沒有，沒能吃。

- -

A：왜요?
we*.yo
為什麼？

- -

B：아침에 회의가 있어서 못 먹었어요.
a.chi.me/hwe.ui.ga/i.sso*.so*/mot/mo*.go*.
sso*.yo
因為早上要開會，沒辦法吃。

- -

A：나한테 샌드위치 두 개 있어요. 같이
먹을래요?
na.han.te/se*n.deu.wi.chi/du/ge*/i.sso*.
yo//ga.chi/mo*.geul.le*.yo
我有兩個 三明治 ，要一起吃嗎？

本文生字

못
mot
不能、無法

왜
we*
為什麼

회의
hwe.ui
會議

替換單字練習

빵
bang
麵包

도시락
do.si.rak
便當

컵케이크
ko*p.ke.i.keu
杯子蛋糕

情境會話：
詢問對方早餐吃什麼（對長輩）

A：할아버지, 아침은 뭐 드셨어요？

ha.ra.bo*.ji//a.chi.meun/mwo/deu.syo*.
sso*.yo

爺爺，早餐您吃了什麼？

- -

B：야채죽 먹었어.

ya.che*.juk/mo*.go*.sso*

吃了 蔬菜粥 。

- -

A：엄마가 만드신 거예요？

o*m.ma.ga/man.deu.sin/go*.ye.yo

是媽媽煮的嗎？

- -

B：그래.

geu.re*

對。

- -

A：여기 찐빵 있는데 더 드실래요？

yo*.gi/jjin.bang/in.neun.de/do*/deu.sil.le*.
yo

這裡有紅豆包子，您還要再吃嗎？

本文生字

할아버지
ha.ra.bo*.ji
爺爺

뭐
mwo
什麼（무엇的略語）

만들다
man.deul.da
製做

替換單字練習

새우죽
se*.u.juk
鮮蝦粥

전복죽
jo*n.bok.jjuk
鮑魚粥

대게죽
de*.ge.juk
大螃蟹粥

情境會話：
詢問對方早餐吃什麼（對平輩）

A：미연 씨, 아침에 뭐 먹었어요?

mi.yo*n/ssi//a.chi.me/mwo/mo*.go*.sso*.yo

美妍，你早上吃了什麼？

....

B：김밥하고 주스를 먹었어요.

gim.ba.pa.go/ju.seu.reul/mo*.go*.sso*.yo

我吃了紫菜飯捲和果汁。

....

A：초코우유 마실래요?

cho.ko.u.yu/ma.sil.le*.yo

你要喝 巧克力牛奶 嗎？

....

B：네, 산 거예요?

ne//san/go*.ye.yo

好啊，你買的嗎？

....

A：아니요. 준기 오빠가 준 거예요.

a.ni.yo//jun.gi/o.ba.ga/jun/go*.ye.yo

不是，是準基哥給我的。

本文生字

마시다
ma.si.da
喝

사다
sa.da
買

주다
ju.da
給、給予

替換單字練習

바나나우유
ba.na.na.u.yu
香蕉牛奶

커피우유
ko*.pi.u.yu
咖啡牛奶

딸기우유
dal.gi.u.yu
草莓牛奶

情境會話：
詢問對方早餐吃什麼（對晚輩）

A：오늘 아침에 너 뭐 먹었어？
o.neul/a.chi.me/no*/mwo/mo*.go*.sso*
你今天早上吃了什麼？

B：아무것도 안 먹었어요.
a.mu.go*t.do/an/mo*.go*.sso*.yo
我什麼都沒吃。

A：진짜？뭐 먹고 싶어？
jin.jja/mwo/mo*k.go/si.po*
真的嗎？你想吃什麼？

B：햄버거 하고 아이스커피를 먹고 싶어요.
he*m.bo*.go*/ha.go/a.i.seu.ko*.pi.reul/mo*k.
go/si.po*.yo
我想吃 漢堡 和冰咖啡。

A：그래. 내가 사 줄게. 기다려.
geu.re*//ne*.ga/sa/jul.ge//gi.da.ryo*
好，我買給你，等我。

本文生字

오늘
o.neul
今天

진짜
jin.jja
真的

기다리다
gi.da.ri.da
等待

替換單字練習

프렌치프라이
peu.ren.chi.peu.ra.i
炸薯條

핫도그
hat.do.geu
熱狗

피자
pi.ja
披薩

情境會話：
詢問對方是否一起共用早餐 (對長輩)

A : 아빠 , 아침식사는 다 준비됐어요 .
a.ba//a.chim.sik.ssa.neun/da/jun.bi.dwe*.
sso*.yo
爸，早餐都準備好了。

. . . .

B : 네가 먼저 먹어 .
ne.ga/mo*n.jo*/mo*.go*
你先吃。

. . . .

A : 나 혼자 밥 먹는 거 싫어요 . 같이 먹어요 .
na/hon.ja/bap/mo*ng.neun/go*/si.ro*.yo//
ga.chi/mo*.go*.yo
我不喜歡一個人吃飯，一起吃吧。

. . . .

B : 알았어 . 이따가 내려 갈게 .
a.ra.sso*//i.da.ga/ne*.ryo*/gal.ge
知道了，待會我就下樓。

. . . .

A : 그래요 . 얼른 와요 .
geu.re*.yo//o*l.leun/wa.yo
好，要 快點 來。

本文生字

아빠
a.ba
爸爸

준비되다
jun.bi.dwe.da
準備

먼저
mo*n.jo*
先

같이
ga.chi
一起、一塊

替換單字練習

어서
o*.so*
趕快

빨리
bal.li
趕快

情境會話：
詢問對方是否一起共用早餐

A：아침 같이 먹을까요 ?
a.chim/ga.chi/mo*.geul.ga.yo
要不要一起吃早餐？

B：좋아요 .
jo.a.yo
好啊。

A：뭐 먹고 싶어요 ?
mwo/mo*k.go/si.po*.yo
你想吃什麼？

B：우리 베이글 먹어요 .
u.ri/be.i.geul/mo*.go*.yo
我們吃貝果吧。

A：(은행) 옆에 커피숍 하나 있는데 거기로
가요 .
eun.he*ng/yo*.pe/ko*.pi.syop/ha.na/in.
neun.de/go*.gi.ro/ga.yo
(銀行)旁邊有一間咖啡廳，我們去那裡吃吧。

CHAPTER 01
一日三餐

本文生字

좋다
jo.ta
喜歡、好

은행
eun.he*ng
銀行

옆
yo*p
旁邊

替換單字練習

우체국
u.che.guk
郵局

약국
yak.guk
藥局

서점
so*.jo*m
書局

情境會話：
詢問對方是否一起共用早餐（對弟妹）

A：아침 같이 먹자 .
a.chim/ga.chi/mo*k.jja
一起吃早餐吧。

. . . .

B：싫어 . 나 혼자 먹을 거야 .
si.ro*//na/hon.ja/mo*.geul/go*.ya
不要，我要自己吃。

. . . .

A：아침을 다 사 왔는데 같이 먹자 .
a.chi.meul/da/sa/wan.neun.de/ga.chi/
mo*k.jja
我早餐都買來了，一起吃吧。

. . . .

B：뭘 샀어 ?
mwol/sa.sso*
你買了什麼？

. . . .

A：왕만두 하고 두유를 샀어 . 빨리 와 .
wang.man.du.ha.go/du.yu.reul/ssa.sso*//
bal.li/wa
我買了 包子 和豆奶，快過來。

本文生字

싫다
sil.ta
討厭、不要

혼자
hon.ja
獨自、一個人

다
da
都、全部

替換單字練習

만두
man.du
餃子

떡볶이
do*k.bo.gi
辣炒年糕

칼국수
kal.guk.ssu
刀削麵

Unit2
午餐

오늘 점심은 맛있어요 .
o.neul/jjo*m.si.meun/ma.si.sso*.yo
今天午餐很好吃。

- - - - - - - - - - - - - - - - - - - -

오늘 점심에 오징어덮밥을 먹고 싶어요 .
o.neul/jjo*m.si.me/o.jing.o*.do*p.ba.beul/
mo*k.go/si.po*.yo
今天中午我想吃魷魚蓋飯。

- - - - - - - - - - - - - - - - - - - -

점심을 먹으러 식당에 갔어요 .
jo*m.si.meul/mo*.geu.ro*/sik.dang.e/ga.
sso*.yo
去餐館吃了午餐。

- - - - - - - - - - - - - - - - - - - -

오늘 점심은 뭘 드셨어요 ?
o.neul/jjo*m.si.meun/mwol/deu.syo*.sso*.yo
今天午餐你吃了什麼？

- - - - - - - - - - - - - - - - - - - -

점심 식사하러 나갑시다 .
jo*m.sim/sik.ssa.ha.ro*/na.gap.ssi.da
一起出去吃午餐吧。

- - - - - - - - - - - - - - - - - - - -

오늘 점심은 제가 대접할게요 .
o.neul/jjo*m.si.meun/je.ga/de*.jo*.pal.ge.yo
今天午餐我請。

전화로 점심을 시켜 먹을까요 ?

jo*n.hwa.ro/jo*m.si.meul/ssi.kyo*/mo*.geul.ga.yo

我們打電話叫午餐來吃好嗎 ?

. . . .

저하고 점심 식사하시겠어요 ?

jo*.ha.go/jo*m.sim/sik.ssa.ha.si.ge.sso*.yo

你要和我一起吃午餐嗎 ?

. . . .

지금 점심 먹으러 나갈 참인데 , 같이
가실래요 ?

ji.geum/jo*m.sim/mo*.geu.ro*/na.gal/cha.min.de//ga.chi/ga.sil.le*.yo

我現在正要出去吃午餐，你要一起去嗎 ?

. . . .

점심 시간에 오시면 음료수는 무료로
제공됩니다 .

jo*m.sim/si.ga.ne/o.si.myo*n/eum.nyo.su.neun/mu.ryo.ro/je.gong.dwem.ni.da

午飯時間來的話，飲料是免費提供的。

. . . .

여기 들러서 뭐 좀 먹읍시다 .

yo*.gi/deul.lo*.so*/mwo/jom/mo*.geup.ssi.da

我們在這裡吃點東西吧。

情境會話：
詢問午餐時間

A：점심 시간은 언제부터예요?

jo*m.sim/si.ga.neun/o*n.je.bu.to*.ye.yo

午餐時間從什麼時候開始？

B：점심 시간은 열두 시 부터 한
시까지예요.

jo*m.sim/si.ga.neun/yo*l.du/si.bu.to*/han/
si.ga.ji.ye.yo

午餐時間是從 12 點 到 1 點。

替換單字練習

열한 시
yo*l.han/si
十一點

열 시
yo*l/si
十點

한 시반
han/si.ban
一點半

CHAPTER 01
一日三餐

情境會話：
詢問午餐時間有多長

A：점심시간이 얼마나 됩니까？
jo*m.sim.si.ga.ni/o*l.ma.na/dwem.ni.ga
午餐時間有多久？

B：점심시간은 한 시간 입니다．
jo*m.sim/si.ga.neun/han.si.ga.nim.ni.da
午餐時間是一個小時。

替換單字練習

두 시간
du/si.gan
兩個小時

한 시간반
han/si.gan.ban
一個小時半

다섯 시간
da.so*t/si.gan
五個小時

情境會話：
詢問對方午餐吃了什麼

A：점심 뭐 먹었어요？
jo*m.sim/mwo/mo*.go*.sso*.yo
午餐你吃什麼？

B：도시락을 먹었어요．
do.si.ra.geul/mo*.go*.sso*.yo
我吃了便當。

A：도시락은 어디서 샀어요？
do.si.ra.geun/o*.di.so*/sa.sso*.yo
便當在哪裡買的？

B：우리 집사람 이 만든 거예요．
u.ri/jip.ssa.ra.mi/man.deun/go*.ye.yo
是我 老婆 做的。

A：와, 참 행복하네요．
wa//cham/he*ng.bo.ka.ne.yo
哇！真幸福耶！

本文生字

집사람
jip.ssa.ram
老婆、內人

참
cham
真

행복하다
he*ng.bo.ka.da
幸福

替換單字練習

어머니
o*.mo*.ni
媽媽

아버지
a.bo*.ji
爸爸

딸
dal
女兒

情境會話：
詢問對方一般在哪裡吃中餐

A：보통 어디서 점심을 먹어요?
bo.tong/o*.di.so*/jo*m.si.meul/mo*.go*.yo
你一般在哪裡吃午餐？

B：보통 회사 식당 에서 점심을 먹어요.
bo.tong/hwe.sa/sik.dang.e.so*/jo*m.si.
meul/mo*.go*.yo
我一般在公司餐廳吃午餐。

替換單字練習

학교 식당
hak.gyo/sik.dang
學校餐廳

집
jip
家裡

분식집
bun.sik.jjip
小吃店、麵店

CHAPTER 01
一日三餐

情境會話：
到了午餐時間

A：벌써 점심 시간이네.
bo*l.sso*/jo*m.sim/si.ga.ni.ne
已經是午餐時間了呢！

B：우리 맛있는 걸 먹자!
u.ri/ma.sin.neun/go*l/mo*k.jja
我們吃點好吃的東西吧！

A：뭐 먹을까?
mwo/mo*.geul.ga
要吃什麼？

B：삼계탕은 어때?
sam.gye.tang.eun/o*.de*
吃 人參雞湯 如何？

A：좋아. 삼계탕 집에 가자.
jo.a//sam.gye.tang/ji.be/ga.ja
好啊！我們去蔘雞湯店吧。

本文生字

벌써
bo*l.sso*
已經

맛있다
ma.sit.da
好吃

어떻다
o*.do*.ta
如何

替換單字練習

비빔냉면
bi.bim.ne*ng.myo*n
涼拌冷麵

설렁탕
so*l.lo*ng.tang
牛骨湯

돌솥비빔밥
dol.sot.bi.bim.bap
石鍋拌飯

CHAPTER 01
一日三餐

情境會話：
詢問對方午餐想吃什麼

A：오늘 점심 뭐 먹고 싶어？
o.neul/jjo*m.sim/mwo/mo*k.go/si.po*
今天午餐你想吃什麼？

B：난 다 괜찮아요．
nan/da/gwe*n.cha.na.yo
我都可以。

A：국수 먹고 싶어？ 아니면 밥 먹고 싶어？
guk.ssu/mo*k.go/si.po*//a.ni.myo*n/bap/
mo*k.go/si.po*
你想吃麵還是吃飯？

B：음...국수 먹고 싶어요．
eum/guk.ssu/mo*k.go/si.po*.yo
嗯…我想吃麵。

A：그럼 우동이나 칼국수 먹자．
geu.ro*m/u.dong.i.na/kal.guk.ssu/mo*k.jja
那我們吃烏龍麵或 刀削麵 吧。

本文生字

괜찮다
gwe*n.chan.ta
沒關係、不錯

국수
guk.ssu
麵條

그럼
geu.ro*m
那麼

替換單字練習

수제비
su.je.bi
麵片湯

라면
ra.myo*n
泡麵

쫄면
jjol.myo*n
QQ 冷麵

情境會話：
詢問對方一般午餐都吃什麼

A：점심은 주로 뭘 드세요？

jo*m.si.meun/ju.ro/mwol/deu.se.yo

你午餐一般都吃什麼？

B：일이 많지 않으면 식당에서 김치찌개，
돈까스덮밥，알밥 등을 먹어요．

i.ri/man.chi/a.neu.myo*n/sik.dang.e.so*/
gim.chi.jji.ge*//don.ga.seu.do*p.bap//al.
bap/deung.eul/mo*.go*.yo

工作不多的話，就在食堂吃泡菜鍋，炸豬排蓋
飯、魚卵飯等。

A：일이 많으면요？

i.ri/ma.neu.myo*.nyo

工作多的話呢？

B：그냥 (사무실)에서 빵만 먹죠．

geu.nyang/sa.mu.si.re.so*/bang.man/mo*k.
jjyo

就在 (辦公室) 吃麵包而已囉！

本文生字

주로
ju.ro
主要

일
il
事情、工作

많다
man.ta
多

替換單字練習

집
jip
家裡

회사
hwe.sa
公司

교실
gyo.sil
教室

情境會話：
詢問對方是否一同用餐

A：좀 쉬었다 해요.

jom/swi.o*t.da/he*.yo

休息一下再做吧。

B：아, 진짜 바빠 죽겠어요.

a//jin.jja/ba.ba/juk.ge.sso*.yo

啊，真的忙死了。

A：점심식사 같이 할까요?

jo*m.sim.sik.ssa/ga.chi/hal.ga.yo

要不要一起吃中餐？

B：좋죠. 민정 씨 도 불러서 같이 식사해요.

jo.chyo//min.jo*ng/ssi.do/bul.lo*.so*/ga.chi

/sik.ssa.he*.yo

好啊，也叫 敏靜 過來一起吃飯吧。

A：예, 그렇게 합시다.

ye//geu.ro*.ke/hap.ssi.da

好，就那麼辦。

本文生字

쉬다
swi.da
休息

바쁘다
ba.beu.da
忙碌

부르다
bu.reu.da
叫、呼喚

替換單字練習

부장님
bu.jang.nim
部長

장 비서님
jang/bi.so*.nim
張秘書

숙영 언니
su.gyo*ng/o*n.ni
淑英姊

情境會話：
邀請對方一同去用餐

A：배고파. 식당에 가자.
be*.go.pa//sik.dang.e/ga.ja
肚子好餓，我們去餐館吧。

B：나는 벌써 먹었어.
na.neun/bo*l.sso*/mo*.go*.sso*
我已經吃過了。

A：벌써 먹었어?
bo*l.sso*/mo*.go*.sso*
你已經吃過了?

B：한 시간 전에 라면을 먹었어.
han/si.gan/jo*.ne/ra.myo*.neul/mo*.go*.
sso*
我一個小時前，吃了泡麵。

A：더 먹을래? 나 피자 먹으러 갈 거야.
do*/mo*.geul.le*//na/pi.ja/mo*.geu.ro*/gal
/go*.ya
你還要吃嗎? 我要去吃 披薩 。

本文生字

배고프다
be*.go.peu.da
肚子餓

벌써
bo*l.sso*
已經

더
do*
再、更

替換單字練習

생선회
se*ng.so*n.hwe
生魚片

짜장면
jja.jang.myo*n
炸醬麵

볶음밥
bo.geum.bap
炒飯

情境會話：
詢問要在哪裡吃午餐

A：점심은 어디서 먹어요？
jo*m.si.meun/o*.di.so*/mo*.go*.yo
我們午餐在哪裡吃呢？

B：근처에 한식집, 일식집, 중국집이 있어요.
geun.cho*.e/han.sik.jjip/il.sik.jjip/jung.
guk.jji.bi/i.sso*.yo
附近有韓式料理店、日式料理店、中式料理店。

A：어제 짜장면 을 먹었는데 오늘 라멘을 먹을까요？
o*.je/jja.jang.myo*.neul/mo*.go*n.neun.de/
o.neul/ra.me.neul/mo*.geul.ga.yo
昨天吃過炸醬麵了，今天吃日式拉麵好嗎？

B：좋아요. 저 일식집은 인기가 많아요.
jo.a.yo//jo*/il.sik.jji.beun/in.gi.ga/ma.na.yo
好啊，那家日式料理店很受歡迎。

A：정말 사람이 많네요.
jo*ng.mal/ssa.ra.mi/man.ne.yo
真的人很多呢！

國民 韓語會話大全集　51

本文生字

일식집
il.sik.jjip
日式料理店

라멘
ra.men
日式拉麵

인기가 많다
in.gi.ga/man.ta
很受歡迎

替換單字練習

육개장
yuk.ge*.jang
牛肉湯

짬뽕
jjam.bong
辣海鮮麵

탕수육
tang.su.yuk
糖醋肉

Unit3
晚餐

저녁은 드셨나요 ?
jo*.nyo*.geun/deu.syo*n.na.yo
您吃過晚餐了嗎 ?

같이 저녁 먹어요 .
ga.chi/jo*.nyo*k/mo*.go*.yo
一起吃晚餐吧。

배고파요 . 저녁은 언제 먹어요 ?
be*.go.pa.yo//jo*.nyo*.geun/o*n.je/mo*.go*.
yo
肚子餓了，什麼時候吃晚餐 ?

저녁은 어디서 먹었어 ?
jo*.nyo*.geun/o*.di.so*/mo*.go*.sso*
晚餐你在哪裡吃的 ?

오늘 저녁은 맛이 없었어요 .
o.neul/jjo*.nyo*.geun/ma.si/o*p.sso*.sso*.yo
今天的晚餐不好吃。

저녁에 뭐 먹을 거예요 ?
jo*.nyo*.ge/mwo/mo*.geul/go*.ye.yo
晚上你要吃什麼 ?

밥 먹을 시간이에요 .
bap/mo*.geul/ssi.ga.ni.e.yo
該吃飯了。

저녁은 제가 사겠습니다 .
jjo*.nyo*.geun/je.ga/sa.get.sseum.ni.da
晚餐我請客。

저녁 식사를 하셔야죠 .
jo*.nyo*k/sik.ssa.reul/ha.syo*.ya.jyo
您該吃晚餐了。

혹시 부대찌개 좋아하세요 ?
hok.ssi/bu.de*.jji.ge*/jo.a.ha.se.yo
你喜歡吃部隊鍋嗎？

특별히 좋아하는 음식이 있습니까 ?
teuk.byo*l.hi/jo.a.ha.neun/eum.si.gi/it.
sseum.ni.ga
你有特別喜歡吃的東西嗎？

CHAPTER 01
一日三餐

情境會話：
詢問對方晚上吃什麼

A：엄마, 저녁에 뭐 먹어요?
o*m.ma//jo*.nyo*.ge/mwo/mo*.go*.yo
媽，晚餐吃什麼？

B：글쎄. 뭐 먹고 싶니?
geul.sse//mwo/mo*k.go/sim.ni
這個嘛…你想吃什麼？

A：치킨이나 피자 먹고 싶어요.
chi.ki.ni.na/pi.ja/mo*k.go/si.po*.yo
我想吃炸雞或披薩。

B：안 돼. 저녁 에 밥 먹어야지.
an/dwe*//jo*.nyo*.ge/bap/mo*.go*.ya.ji
不行，晚上 應該吃飯。

A：카레덮밥을 만들어 주세요.
ka.re.do*p.ba.beul/man.deu.ro*/ju.se.yo
那你煮咖哩飯給我吃。

本文生字

엄마
o*m.ma
媽媽（暱稱）

글쎄
geul.sse
這個嘛、是呀、很難說（做不確定的回答時）

안 되다
an/dwe.da
不行、不可以

替換單字練習

아침
a.chim
早餐

점심
jo*m.sim
午餐

이 시간
i/si.gan
這個時間

CHAPTER 01
一日三餐

情境會話：
詢問對方晚餐想吃什麼

A：저녁은 뭘 먹고 싶어요？
jo*.nyo*.geun/mwol/mo*k.go/si.po*.yo
你晚餐想吃什麼？

B：갑자기 닭 한 마리 먹고 싶네요．
gap.jja.gi/dak/han/ma.ri/mo*k.go/sim.ne.
yo
我突然想吃一隻雞呢！

A：근처에 닭 한 마리를 파는 집이 있나요？
geun.cho*.e/dak/han/ma.ri/reul/pa.neun/
ji.bi/in.na.yo
附近有賣一隻雞的店嗎？

B：내가 잘 아는 집이 있어요．같이 가요．
ne*.ga/jal/a.neun/ji.bi/i.sso*.yo//ga.chi/ga.
yo
我有常去的店，一起去吧。

A：그래요．
geu.re*.yo
好的。

本文生字

갑자기
gap.jja.gi
突然

팔다
pal.da
賣

알다
al.da
知道、認識

替換單字練習

찜닭
jjim.dak
燉雞

감자탕
gam.ja.tang
豬骨湯

해물순두부
he*.mul.sun.du.bu
海鮮嫩豆腐鍋

情境會話：
詢問對方幾點吃晚餐

A：보통 몇 시에 저녁을 먹어요？

bo.tong/myo*t/si.e/jo*.nyo*.geul/mo*.go*.yo

你一般幾點吃晚餐？

B：제시간에 퇴근하면 여섯 시쯤 저녁
먹어요．

je.si.ga.ne/twe.geun.ha.myo*n/yo*.so*t/si.
jjeum/jo*.nyo*k/mo*.go*.yo

準時下班的話，大概六點吃晚餐。

B：좀 늦게 퇴근하면 여덟 시 쯤 저녁
먹어요．

jom/neut.ge/twe.geun.ha.myo*n/yo*.do*l/si.
jjeum/jo*.nyo*k/mo*.go*.yo

如果晚點下班的話，大概 八點 吃晚餐。

A：그렇군요．오늘 제시간에 퇴근할 수
있어요？

geu.ro*.ku.nyo//o.neul/jje.si.ga.ne/twe.
geun.hal/ssu/i.sso*.yo

原來如此！今天你可以準時下班嗎？

本文生字

제시간
je.si.gan
準時、如時

퇴근하다
twe.geun.ha.da
下班

쯤
jjeum
大約、左右、大概

替換單字練習

일곱 시
il.gop/si
七點

일곱 시반
il.gop/si.ban
七點半

아홉 시
a.hop/si
九點

CHAPTER 01
一日三餐

情境會話：
詢問對方準備了什麼菜

A：저녁식사가 준비됐어.

jo*.nyo*k.ssik.ssa.ga/jun.bi.dwe*.sso*

晚餐準備好了。

B：오늘 저녁 메뉴는 뭐지?

o.neul/jjo*.nyo*k/me.nyu.neun/mwo.ji

今天晚上的菜單是什麼？

A：김치볶음밥이랑 생선구이랑 계란말이다.

gim.chi.bo.geum.ba.bi.rang/se*ng.so*n.gu.
i.rang/gye.ran.ma.ri.da

有泡菜炒飯、烤魚，還有雞蛋捲。

B：국은 없어?

gu.geun/o*p.sso*

沒有湯嗎？

A：있지. 두부계란국 도 끓였어.

it.jji//du.bu.gye.ran.guk.do/geu.ryo*.sso*

有啊！我也煮了 豆腐雞蛋湯 。

本文生字

뭐
mwo
什麼 (무엇的略語)

메뉴
me.nyu
菜單

끓이다
geu.ri.da
熬、煮

替換單字練習

미역국
mi.yo*k.guk
海帶湯

콩나물국
kong.na.mul.guk
黃豆芽湯

무북어국
mu.bu.go*.guk
蘿蔔明太魚湯

CHAPTER 01
一日三餐

情境會話：
描述自己想吃別的東西

A：오늘 한국 요리를 먹고 싶어요？
o.neul/han.guk/yo.ri.reul/mo*k.go/si.po*.yo
今天你想吃韓國料理嗎？

. . . .

A：아니면 일본 요리를 먹고 싶어요？
a.ni.myo*n/il.bon/yo.ri.reul/mo*k.go/si.po*.
yo
還是日本料理呢？

. . . .

B：오늘 다른 걸 먹고 싶어요．
o.neul/da.reun/go*l/mo*k.go/si.po*.yo
今天我想吃不一樣的東西。

. . . .

A：그게 뭐예요？
geu.ge/mwo.ye.yo
是什麼？

. . . .

B：스파게티 요．
seu.pa.ge.ti.yo
義大利麵 。

本文生字

요리
yo.ri
料理

다르다
da.reu.da
不同、不一樣

그게
geu.ge
那個（그것이的縮寫）

替換單字練習

족발
jok.bal
豬腳

닭갈비
dak.gal.bi
雞排

군만두
gun.man.du
煎餃

CHAPTER 01
一日三餐

情境會話：
向對方推薦不錯的餐廳

A：오늘 스테이크 먹고 싶군요.

o.neul/sseu.te.i.keu/mo*k.go/sip.gu.nyo

今天我想吃牛排呢！

B：지하철 역 근처 에 괜찮은 레스토랑이
있어요.

ji.ha.cho*l/yo*k/geun.cho*.e/gwe*n.cha.
neun/re.seu.to.rang.i/i.sso*.yo

地鐵站附近 有不錯的餐廳。

B：거기로 갈까요?

go*.gi.ro/gal.ga.yo

我們去那裡吃好嗎？

A：네, 갑시다.

ne//gap.ssi.da

好啊，走吧。

B：줄 서는 사람들이 많아서 많이
기다려야겠군요.

jul/so*.neun/sa.ram.deu.ri/ma.na.so*/ma.
ni/gi.da.ryo*.ya.get.gu.nyo

排隊的人很多，應該要等很久呢。

本文生字

레스토랑
re.seu.to.rang
餐廳

거기
go*.gi
那裡

줄을 서다
ju.reul/sso*.da
排隊

替換單字練習

백화점 오층
be*.kwa.jo*m/o.cheung
百貨公司五樓

건물 지하이층
go*n.mul/ji.ha.i.cheung
建築物地下二樓

학교 건너편
hak.gyo/go*n.no*.pyo*n
學校對面

情境會話：
邀請他人一同吃烤肉

A : 저녁에 불고기를 먹자 .
jo*.nyo*.ge/bul.go.gi.reul/mo*k.jja
我們晚上吃烤肉吧。

B : 좋지 .
jo.chi
好啊！

A : 너도 불고기 좋아해 ?
no*.do/bul.go.gi/jo.a.he*
你也喜歡吃烤肉？

B : 완전 좋아해 .
wan.jo*n/jo.a.he*
超級喜歡。

A : 구운 삼겹살 은 진짜 끝내준다 .
gu.un/sam.gyo*p.ssa.reun/jin.jja/geun.ne*.
jun.da
烤 五花肉 真的很過癮。

本文生字

불고기
bul.go.gi
烤肉

완전
wan.jo*n
完全

굽다
gup.da
烤

替換單字練習

곱창
gop.chang
牛小腸

돼지갈비
dwe*.ji.gal.bi
豬排

소갈비
so.gal.bi
牛排

情境會話：
表明自己想請客

A：배고프지 않아？
be*.go.peu.ji/a.na
肚子不餓嗎？

. . . .

B：좀 출출하지.
jom/chul.chul.ha.ji
有點餓呢！

. . . .

A：저녁 먹으러 가자.
jo*.nyo*k/mo*.geu.ro*/ga.ja
我們去吃晚餐吧。

. . . .

B：그래. 가자.
geu.re*//ga.ja
好啊，走吧。

. . . .

A：뭐 먹고 싶어？ 내가 맛있는 거 사 줄게.
mwo/mo*k.go/si.po*//ne*.ga/ma.sin.neun/
go*/sa/jul.ge
你想吃什麼？ 我請你吃好吃的 。

本文生字

배
be*
肚子

지 않다
ji/an.ta
否定型（接在動詞、形容詞語幹後方）

출출하다
chul.chul.ha.da
感到餓、有點餓

替換短句練習

내가 살게.
ne*.ga/sal.ge
我請客。

오늘 저녁은 내가 살게.
o.neul/jjo*.nyo*.geun/ne*.ga/sal.ge
今天晚餐我請客。

내가 낼게.
ne*.ga/ne*l.ge
我來付錢。

Unit4
買菜做菜

이거 어떻게 팔아요
i.go*/o*.do*.ke/pa.ra.yo
這個怎麼賣？

. . . .

한 근에 5000 원입니다 .
han/geu.ne/o.cho*.nwo.nim.ni.da
一斤五千韓圜。

. . . .

삼겹살 한 근만 주세요 .
sam.gyo*p.ssal/han/geun.man/ju.se.yo
請給我一斤五花肉。

. . . .

야채를 사고 싶은데 배추가 있어요 ?
ya.che*.reul/ssa.go/si.peun.de/be*.chu.ga/i.
sso*.yo
我想買蔬菜，有白菜嗎？

. . . .

여기는 무슨 과일들이 있습니까 ?
yo*.gi.neun/mu.seun/gwa.il.deu.ri/it.sseum.
ni.ga
這裡有什麼水果呢？

. . . .

비닐 봉지 하나 주실 수 있나요 ?
bi.nil/bong.ji/ha.na/ju.sil/su/in.na.yo
可以給我一個塑膠袋嗎？

이 음식의 재료가 뭐예요 ?
i/eum.si.gui/je*.ryo.ga/mwo.ye.yo
這道菜用的是什麼材料？

요리를 할 줄 아세요 ?
yo.ri.reul/hal/jjul/a.se.yo
您會煮飯嗎？

서둘러요 . 나 정말 배고파요 .
so*.dul.lo*.yo/na/jo*ng.mal/be*.go.pa.yo
趕快，我真的肚子好餓。

오늘 저녁은 맛있는 거 준비했어 .
o.neul/jjo*.nyo*.geun/ma.sin.neun/go*/jun.
bi.he*.sso*
我今天準備了好吃的。

오늘 밥 하는 시간 없었다 .
o.neul/bap/ha.neun/si.gan/o*p.sso*t.da
今天沒時間煮飯。

情境會話：
詢問水果多少錢

A：포도 한 봉지에 얼마예요？

po.do/han/bong.ji.e/o*l.ma.ye.yo

葡萄一包多少錢？

. . . .

B：육천오백원입니다．

yuk.cho*.no.be*.gwo.nim.ni.da

6千5百韓圜。

. . . .

A：포도 는 달아요？

po.do.neun/da.ra.yo

葡萄 甜嗎？

. . . .

B：달죠．

dal.jjyo

很甜啊！

. . . .

A：그럼 두 봉지 주세요．

geu.ro*m/du/bong.ji/ju.se.yo

那給我兩包。

本文生字

봉지
bong.ji
袋子、(一) 包

달다
dal.da
甜

주다
ju.da
給

替換單字練習

배
be*
梨子

딸기
dal.gi
草莓

키위
ki.wi
奇異果

情境會話：
詢問水果價格

A：사과 어떻게 팔아요 ?
sa.gwa/o*.do*.ke/pa.ra.yo
蘋果怎麼賣 ?

. . . .

B：두 개에 삼천원입니다 .
du/ge*.e/sam.cho*.nwo.nim.ni.da
兩個三千韓圜。

. . . .

A：이거 어디 사과예요 ?
i.go*/o*.di/sa.gwa.ye.yo
這個是哪裡的蘋果 ?

. . . .

B：한국산 사과입니다 .
han.guk.ssan/sa.gwa.im.ni.da
是 韓國產 的蘋果。

. . . .

A：네 개 주세요 .
ne/ge*/ju.se.yo
請給我四個。

本文生字

어떻게
o*.do*.ke
如何、怎麼樣

팔다
pal.da
賣

개
ge*
～個

替換單字練習

미국산
mi.guk.ssan
美國產

일본산
il.bon.san
日本產

뉴질랜드산
nyu.jil.le*n.deu.san
紐西蘭產

情境會話：
詢問店家是否也有賣某物

A：여기 굴 도 팝니까？
yo*.gi/gul.do/pam.ni.ga
這裡也有賣 牡蠣 嗎？

. . . .

B：굴은 여기서 안 팝니다．
gu.reun/yo*.gi.so*/an/pam.ni.da
這裡沒有賣牡蠣。

. . . .

A：이 게는 신선해요？
i/ge.neun/sin.so*n.he*.yo
這螃蟹新鮮嗎？

. . . .

B：매우 신선합니다．한 번 드셔 보세요．
me*.u/sin.so*n.ham.ni.da//han/bo*n/deu.
syo*/bo.se.yo
很新鮮，您吃吃看。

. . . .

A：두 마리 주세요．
du/ma.ri/ju.se.yo
請給我兩隻。

本文生字

게
ge
螃蟹

신선하다
sin.so*n.ha.da
新鮮

마리
ma.ri
～隻

替換單字練習

오징어
o.jing.o*
魷魚

새우
se*.u
蝦子

참치
cham.chi
鮪魚

情境會話：
詢問對方食材名稱

A：이게 무슨 생선이죠？
i.ge/mu.seun/se*ng.so*.ni.jyo
這是什麼魚？

B：연어 입니다．
yo*.no*.im.ni.da
是 鮭魚 。

A：연어 한 마리 주세요．
yo*.no*/han/ma.ri/ju.se.yo
那給我一隻鮭魚。

B：네．
ne
好的。

A：생선은 세 토막으로 잘라 주세요．
se*ng.so*.neun/se/to.ma.geu.ro/jal.la/ju.se.
yo
請幫我把魚切成三塊。

Track
073

本文生字

생선
se*ng.so*n
魚

토막
to.mak
截、塊

자르다
ja.reu.da
剪、切

替換單字練習

뱀장어
be*m.jang.o*
鰻魚

도미
do.mi
鯛魚

갈치
gal.chi
帶魚

CHAPTER 01
一日三餐

情境會話：
推薦自家產品

A：여기 양고기도 팝니까？
yo*.gi/yang.go.gi.do/pam.ni.ga
這裡也有賣羊肉嗎？

B：있죠 . 우리 집 양갈비 도 맛있습니다 .
it.jjyo//u.ri/jip/yang.gal.bi.do/ma.sit.
sseum.ni.da
有囉！我們的 羊排 也很好吃。

A：양갈비는 어떻게 팔아요？
yang.gal.bi.neun/o*.do*.ke/pa.ra.yo
羊排怎麼賣？

B：양갈비 한 근에 팔천원입니다 .
yang.gal.bi/han/geu.ne/pal.cho*.nwo.nim.
ni.da
羊排一斤八千韓圜。

A：한 근만 주세요 .
han/geun.man/ju.se.yo
給我一斤就好。

本文生字

있다
it.da
有、在

근
geun
～斤

만
man
只、僅

替換單字練習

소고기
so.go.gi
牛肉

닭고기
dal.go.gi
雞肉

돼지고기
dwe*.ji.go.gi
豬肉

情境會話：
提議在家做飯

A：밖에 비가 와 .

ba.ge/bi.ga/wa

外面 下雨了 。

B：그럼 집에서 요리하자 .

geu.ro*m/ji.be.so*/yo.ri.ha.ja

那我們在家做飯吧。

A：난 요리 못하잖아 .

nan/yo.ri/mo.ta.ja.na

我不會做飯啊！

B：난 볶음밥 , 된장찌개 , 파전 만들 수 있어 .

nan/bo.geum.bap//dwen.jang.jji.ge*//pa.
jo*n/man.deul/ssu/i.sso*

我會做炒飯、大醬鍋，還有煎蔥餅。

A：정말 ? 나 김치볶음밥 먹을래 .

jo*ng.mal//na/gim.chi.bo.geum.bap/mo*.
geul.le*

真的嗎？那我要吃泡菜炒飯。

本文生字

밖
bak
外面

비가 오다
bi.ga/o.da
下雨

요리하다
yo.ri.ha.da
做菜、料理

못하다
mo.ta.da
不擅長、不會做…

替換短句練習

눈이 와
nu.ni/wa
下雪了

태풍이 와
te*.pung.i/wa
颱風來了

情境會話：
自己試著做菜時

A : 엄마 , 내가 김치찌개를 끓였어요 .

o*m.ma//ne*.ga/gim.chi.jji.ge*.reul/geu.ryo*.sso*.yo

媽，我泡菜鍋煮好了。

A : 간 좀 봐 주세요 .

gan/jom/bwa/ju.se.yo

幫我嚐嚐味道。

B : 그래 .

geu.re*

好。

B : 마지막으로 식초 조금 넣으면 더 맛이 나 .

ma.ji.ma.geu.ro/sik.cho/jo.geum/no*.eu.myo*n/do*/ma.si/na

最後再加一點醋，會更出味。

A : 그래요 ? 식초를 가져 올게요 .

geu.re*.yo//sik.cho.reul/ga.jo*/ol.ge.yo

是嗎？我去拿醋。

本文生字

간을 보다
ga.neul/bo.da
嚐鹹淡

마지막
ma.ji.mak
最後

맛이 나다
ma.si.na.da
出味道

替換單字練習

소금
so.geum
鹽巴

참기름
cham.gi.reum
香油／芝麻油

요리술
yo.ri.sul
料理酒

各式食材

쌀
ssal
米

곡물
gong.mul
穀物

계란
gye.ran
雞蛋

야채
ya.che*
蔬菜

육류
yung.nyu
肉類

해산물
he*.san.mul
海產

Unit5
在餐廳

좋은 식당을 알고 계십니까?
jo.eun/sik.dang.eul/al.go/gye.sim.ni.ga
你知道哪裡有不錯的餐廳嗎?

이 식당은 어디에 있습니까?
i/sik.dang.eun/o*.di.e/it.sseum.ni.ga
這家餐館在哪裡?

네 명이 앉을 자리가 있어요?
ne/myo*ng.i/an.jeul/jja.ri.ga/i.sso*.yo
有四個人坐的位子嗎?

이걸로 주세요.
i.go*l.lo/ju.se.yo
請給我這個。

저도 같은 것으로 하겠습니다.
jo*.do/ga.teun/go*.seu.ro/ha.get.sseum.ni.
da
我也要一樣的餐點。

뭘 시키시겠어요?
mwol/si.ki.si.ge.sso*.yo
您想點什麼菜?

CHAPTER 01
一日三餐

냉면 한 그릇 주세요 .
ne*ng.myo*n/han/geu.reut/ju.se.yo
請給我一碗冷麵。

자장면 일인분과 탕수육 부탁 드립니다 .
ja.jang.myo*n/i.rin.bun.gwa/tang.su.yuk/
bu.tak/deu.rim.ni.da
請給我一人份的炸醬麵和糖醋肉。

소금 좀 갖다 주시겠어요 ?
so.geum/jom/gat.da/ju.si.ge.sso*.yo
可以拿鹽給我嗎？

이걸 좀 싸주세요 .
i.go*l/jom/ssa.ju.se.yo
請幫我將這個打包。

맛있게 드셨습니까 ? 만 팔천원입니다 .
ma.sit.ge/deu.syo*t.sseum.ni.ga//man/pal.
cho*.nwo.nim.ni.da
您吃的滿意嗎？一萬八千韓圜。

情境會話：
推薦餐廳

A：좋은 음식점을 추천해 줘.

jo.eun/eum.sik.jjo*.meul/chu.cho*n.he*/jwo

推薦我不錯的餐館吧。

B：어떤 음식을 먹고 싶어?

o*.do*n/eum.si.geul/mo*k.go/si.po*

你想吃什麼樣的料理？

A：요즘 프랑스요리 를 먹고 싶어.

yo.jeum/peu.rang.seu.yo.ri.reul/mo*k.go/si.
po*

最近想吃 法國菜 。

B：내가 자꾸 가는 맛집이 있어. 주소는
가르쳐 줄까?

ne*.ga/ja.gu/ga.neun/mat.jji.bi/i.sso*//ju.
so.neun/ga.reu.cho*/jul.ga

我有常去的店家。要告訴你住址嗎？

A：가르쳐 줘. 고마워.

ga.reu.cho*/jwo//go.ma.wo

告訴我，謝謝。

本文生字

추천하다
chu.cho*n.ha.da
推薦

어떤
o*.do*n
什麼樣的

가르치다
ga.reu.chi.da
教導、告訴

替換單字練習

중화요리
jung.hwa.yo.ri
中華料理

채식요리
che*.si.gyo.ri
素食料理

해산물요리
he*.san.mul.yo.ri
海鮮料理

情境會話：
餐廳訂位

A：자리를 예약하려고 하는데요 .
ja.ri.reul/ye.ya.ka.ryo*.go/ha.neun.de.yo
我要訂位。

B：네 , 몇 시에 예약하시려고요 ?
ne//myo*t/si.e/ye.ya.ka.si.ryo*.go.yo
好的，您要訂幾點的位子？

A：오늘 저녁 6 시로 부탁합니다 .
o.neul/jjo*.nyo*k/yo*.so*t/si.ro/bu.ta.kam.
ni.da
請幫我訂今天晚上六點。

B：몇 분이세요 ?
myo*t/bu.ni.se.yo
您有幾位？

A：네 명 이에요 .
ne/myo*ng.i.e.yo
四個人 。

本文生字

예약하다
ye.ya.ka.da
預約

몇 시
myo*t/si
幾點

분
bun
〜位（명的敬語）

替換單字練習

두 명
du/myo*ng
兩個人

세 명
se/myo*ng
三個人

다섯 명
da.so*t/myo*ng
五個人

情境會話：
餐廳客滿時

A：어서 오세요 . 예약하셨어요 ?
o*.so*/o.se.yo//ye.ya.ka.syo*.sso*.yo
歡迎光臨，您有訂位嗎？

B：예약 안 했어요 .
ye.yak/an/he*.sso*.yo
我沒訂位。

A：죄송하지만 지금 자리가 없습니다 .
jwe.song.ha.ji.man/ji.geum/ja.ri.ga/o*p.
sseum.ni.da
對不起，現在沒有位子。

A：삼십분정도 기다리시겠어요 ?
sam.sip.bun.jo*ng.do/gi.da.ri.si.ge.sso*.yo
您願意等 三十分鐘左右 嗎？

B：네 , 기다리겠어요 .
ne//gi.da.ri.ge.sso*.yo
好，我要等。

本文生字

죄송하다
jwe.song.ha.da
對不起

없다
o*p.da
沒有

자리
ja.ri
座位、位子

替換單字練習

한 시간정도
han/si.gan.jo*ng.do
一個小時左右

십오분정도
si.bo.bun.jo*ng.do
十五分鐘左右

조금만
jo.geum.man
一下子

情境會話：
詢問餐廳是否還有位子

A：지금 빈 자리가 있나요？
ji.geum/bin/ja.ri.ga/in.na.yo
現在還有空位嗎？

B：있습니다. 모두 몇 분이세요？
it.sseum.ni.da//mo.du/myo*t/bu.ni.se.yo
有座位。您總共幾位？

A：두 명이에요.
du/myo*ng.i.e.yo
兩個人。

A：위층 에 앉고 싶은데요.
wi.cheung.e/an.go/si.peun.de.yo
我想坐 樓上。

B：알겠습니다. 이쪽으로 오세요.
al.get.sseum.ni.da//i.jjo.geu.ro/o.se.yo
好的，請往這邊來。

CHAPTER 01
一日三餐

本文生字

빈자리
bin.ja.ri
空位子

모두
mo.du
全部、總共

위층
wi.cheung
樓上

이쪽
i.jjok
這邊

替換單字練習

아래층
a.re*.cheung
樓下

여기
yo*.gi
這裡

情境會話：
在餐廳選位子時

A：여기에 앉으세요.

yo*.gi.e/an.jeu.se.yo

請坐這裡。

. . . .

A：이 자리 괜찮으세요?

i/ja.ri/gwe*n.cha.neu.se.yo

這個位子可以嗎？

. . . .

B：저기 창가자리 면 더 좋겠는데요.

jo*.gi/chang.ga.ja.ri.myo*n/do*/jo.ken.neun.
de.yo

我希望坐那邊 靠窗的位子 。

. . . .

A：그러세요. 메뉴는 여기 있습니다.

geu.ro*.se.yo//me.nyu.neun/yo*.gi/it.
sseum.ni.da

好的，菜單在這裡。

. . . .

B：고맙습니다.

go.map.sseum.ni.da

謝謝你。

CHAPTER 01
一日三餐

本文生字

앉다
an.da
坐

고맙다
go.map.da
謝謝、感謝

괜찮다
gwe*n.chan.ta
沒關係、可以、不錯

替換單字練習

앞쪽자리
ap.jjok.jja.ri
前面的位子

중간자리
jung.gan.ja.ri
中間的位子

뒤쪽자리
dwi.jjok.jja.ri
後面的位子

情境會話：
牛排館點餐時

A : 지금 주문하시겠습니까 ?
ji.geum/ju.mun.ha.si.get.sseum.ni.ga
您現在要點餐嗎？

B : 스테이크 부탁합니다 .
seu.te.i.keu/bu.ta.kam.ni.da
我要牛排

C : 저는 연어 스테이크로 주세요 .
jo*.neun/yo*.no*/seu.te.i.keu.ro/ju.se.yo
請給我鮭魚排。

A : 스테이크 어떻게 해 드릴까요 ?
seu.te.i.keu/o*.do*.ke/he*/deu.ril.ga.yo
您的牛排要幾分熟？

B : 적당히 익혀 주세요 .
jo*k.dang.hi/i.kyo*/ju.se.yo
請給我五分熟的 。

CHAPTER 01
一日三餐

本文生字

주문하다
ju.mun.ha.da
點餐、訂貨

부탁하다
bu.ta.ka.da
拜託、麻煩

스테이크
seu.te.i.keu
牛排

替換短句練習

완전히 익혀 주세요 .
wan.jo*n.hi/i.kyo*/ju.se.yo
請給我全熟的。

잘 익혀 주세요 .
jal/i.kyo*/ju.se.yo
請給我全熟的。

조금만 익혀 주세요 .
jo.geum.man/i.kyo*/ju.se.yo
請給我三分熟的。

情境會話：
在韓式餐館點餐時

A：저기요 , 여기 주문 좀 받으세요 .
jo*.gi.yo//yo*.gi/ju.mun/jom/ba.deu.se.yo
服務生，這裡要點餐。

B：뭘 드시겠어요 ?
mwol/deu.si.ge.sso*.yo
您要吃什麼？

A：갈비탕 하나 주세요 .
gal.bi.tang/ha.na/ju.se.yo
請給我一份排骨湯。

B：갈비탕은 지금 안 되는데요 .
gal.bi.tang.eun/ji.geum/an/dwe.neun.de.yo
排骨湯現在沒有了。

A：그럼 설렁탕 으로 주세요 .
geu.ro*m/so*l.lo*ng.tang.eu.ro/ju.se.yo
那請給我 雪濃湯 。

本文生字

주문
ju.mun
點餐、訂貨

받다
bat.da
接受、收下

뭘
mwol
什麼（為무엇을的略語）

替換單字練習

감자탕
gam.ja.tang
豬骨湯

오골계탕
o.gol.gye.tang
烏骨雞湯

비빔국수
bi.bim.guk.ssu
韓式拌麵

情境會話：
要求加小菜

A：순두부찌개 나왔습니다.
sun.du.bu.jji.ge*/na.wat.sseum.ni.da
這是您的嫩豆腐鍋。

A：뜨거우니까 조심히 드세요.
deu.go*.u.ni.ga/jo.sim.hi/deu.se.yo
很燙，請慢用。

B：아, 감사합니다.
a//gam.sa.ham.ni.da
啊，謝謝。

B：아주머님, 반찬 좀 더 주세요.
a.ju.mo*.nim//ban.chan/jom/do*/ju.se.yo
阿姨，請再給我一點 小菜 。

A：알겠습니다.
al.get.sseum.ni.da
好的。

本文生字

나오다
na.o.da
出來

뜨겁다
deu.go*p.da
燙

조심히
jo.sim.hi
小心地

替換單字練習

김치
gim.chi
泡菜

김
gim
海苔

두부조림
du.bu.jo.rim
燒豆腐

情境會話：
用餐服務

A：저기요, 젓가락 을 바꿔 주세요.
jo*.gi.yo//jo*t.ga.ra.geul/ba.gwo/ju.se.yo
服務員，請幫我換雙筷子。

B：네, 갖다 드릴게요.
ne//gat.da/deu.ril.ge.yo
好的，我拿給您。

A：냉수도 좀 더 주세요.
ne*ng.su.do/jom/do*/ju.se.yo
冰水也再給我一些。

B：여기 있습니다.
yo*.gi/it.sseum.ni.da
在這裡。

A：감사합니다.
gam.sa.ham.ni.da
謝謝。

本文生字

바꾸다
ba.gu.da
交換、更換

갖다
gat.da
拿、帶、取

냉수
ne*ng.su
冰水、冷水

替換單字練習

칼
kal
刀子

숟가락
sut.ga.rak
湯匙

그릇
geu.reut
餐具

各式餐廳

식당
sik.dang
餐館

레스토랑
re.seu.to.rang
西餐廳

포장마차
po.jang.ma.cha
路邊攤

패스트푸드점
pe*.seu.teu.pu.deu.jo*m
速食餐飲店

뷔페
bwi.pe
自助餐

피자점
pi.ja.jo*m
披薩店

Unit6
下午茶

심심한데 케이크나 먹으러 갈까요 ?

sim.sim.han.de/ke.i.keu.na/mo*.geu.ro*/
gal.ga.yo

反正也沒事，我們去吃蛋糕好嗎？

근처엔 분위기가 좋은 케이크 집이 있어요 ?

geun.cho*.en/bu.nwi.gi.ga/jo.eun/ke.i.keu/
ji.bi/i.sso*.yo

附近有氣氛不錯的蛋糕店嗎？

식사 후에 음료수가 있습니까 ?

sik.ssa/hu.e/eum.nyo.su.ga/it.sseum.ni.ga

餐後有飲料嗎？

샌드위치 같은 것이 있습니까 ?

se*n.deu.wi.chi/ga.teun/go*.si/it.sseum.ni.
ga

有三明治類的餐點嗎？

블루베리 아이스크림으로 주세요 .

beul.lu.be.ri/a.i.seu.keu.ri.meu.ro/ju.se.yo

請給我藍莓口味的冰淇淋。

핫초코 한 잔 주세요 .
hat/cho.ko/han/jan/ju.se.yo
請給我一杯熱可可。

. . . .

카페라테 한 잔 , 아메리카노 두 잔 주세요 .
ka.pe.ra.te/han/jan//a.me.ri.ka.no/du/jan/
ju.se.yo
請給我一杯咖啡拿鐵，兩杯美式咖啡。

. . . .

아이스커피 큰 컵 한 잔 주세요 .
a.i.seu.ko*.pi/keun/ko*p/han/jan/ju.se.yo
給我一杯大杯的冰咖啡。

. . . .

얼음은 넣지 말아 주세요 .
o*.reu.meun/no*.chi/ma.ra/ju.se.yo
請不要幫我加冰塊。

. . . .

커피에 우유를 넣어 주세요 .
ko*.pi.e/u.yu.reul/no*.o*/ju.se.yo
請幫我在咖啡裡加牛奶。

. . . .

휘핑크림 좀 많이 올려주세요 .
hwi.ping.keu.rim/jom/ma.ni/ol.lyo*.ju.se.yo
鮮奶油請幫我加多一點。

情境會話：
邀請對方一同吃下午茶

A：수업 후에 케이크 먹으러 가자 .
su.o*p/hu.e/ke.i.keu/mo*.geu.ro*/ga.ja
下課後，我們去吃 蛋糕 吧！

. . . .

A：내가 케이크 맛집 하나 알거든 .
ne*.ga/ke.i.keu/mat.jjip/ha.na/al.go*.deun
我知道有一間好吃的蛋糕店。

. . . .

B：그래? 멀어?
geu.re*//mo*.ro*
是嗎？很遠嗎？

. . . .

A：안 멀어 . 바로 학교 정문 근처야 .
an/mo*.ro*//ba.ro/hak.gyo/jo*ng.mun/
geun.cho*.ya
不遠，就在學校正門附近。

. . . .

B：그렇게 가까워? 오후에 가자 .
geu.ro*.ke/ga.ga.wo//o.hu.e/ga.ja
那麼近喔？我們下午去吃吧。

本文生字

수업
su.o*p
課程

맛집
mat.jjip
好吃的店

바로
ba.ro
正是、就是

가깝다
ga.gap.da
近

替換單字練習

빙수
bing.su
刨冰

마카롱
ma.ka.rong
馬卡龍

情境會話：
有事跟對方討論時

A：지금 바빠요?
ji.geum/ba.ba.yo
你現在忙嗎？

B：바빠요. 왜요?
ba.ba.yo//we*.yo
很忙，怎麼了？

A：하고 싶은 말이 있는데요.
ha.go/si.peun/ma.ri/in.neun.de.yo
我有話跟你說。

B：지금 좀 곤란해요. 오후에는 괜찮아요.
ji.geum/jom/gol.lan.he*.yo//o.hu.e.neun/
gwe*n.cha.na.yo
現在不行，下午可以。

A：그러면 오후에 커피숍 에서 만나서
얘기해요.
geu.ro*.myo*n/o.hu.e/ko*.pi.syo.be.so*/
man.na.so*/ye*.gi.he*.yo
那我們下午在 咖啡廳 見面後再聊吧。

本文生字

말
mal
話

곤란하다
gol.lan.ha.da
困難

얘기하다
ye*.gi.ha.da
説話、聊天

替換單字練習

카페
ka.pe
咖啡館

찻집
chat.jjip
茶館

다방
da.bang
茶坊

情境會話：
推薦店裡人氣商品

A : 이 집에서 제일 인기 있는 케이크는
뭐예요？

i/ji.be.so*/je.il/in.gi/in.neun/ke.i.keu.neun/
mwo.ye.yo

這家店最受歡迎的蛋糕是什麼？

B : 제일 인기 있는 건 치즈케이크 입니다．

je.il/in.gi/in.neun/go*n/chi.jeu.ke.i.keu.im.
ni.da

最受歡迎的是 起司蛋糕 。

B : 딸기 무스케이크도 인기있는 메뉴입니다．

dal.gi/mu.seu.ke.i.keu.do/in.gi.in.neun/me.
nyu.im.ni.da

草莓幕斯蛋糕也是人氣商品。

A : 그럼 치즈케이크 하나 , 딸기
무스케이크 하나 주세요 .

geu.ro*m/chi.jeu.ke.i.keu/ha.na//dal.gi/
mu.seu.ke.i.keu/ha.na/ju.se.yo

那請給我一個起司蛋糕和一個草莓幕斯蛋糕。

B : 알겠습니다 .

al.get.sseum.ni.da

好的。

本文生字

무스
mu.seu
幕斯、鮮奶油

제일
je.il
最、第一

메뉴
me.nyu
菜單、菜色

替換單字練習

아이스크림
a.i.seu.keu.rim
冰淇淋

판나코타
pan.na.ko.ta
奶酪

크레이프
keu.re.i.peu
可麗餅

情境會話：
點餐時（飯後甜點）

A：디저트는 어떤 게 있나요？
di.jo*.teu.neun/o*.do*n/ge/in.na.yo
飯後甜點有哪些？

. . . .

B：케이크, 푸딩, 아이스크림 등이 있습니다.
ke.i.keu//pu.ding//a.i.seu.keu.rim/deung.
i/it.sseum.ni.da
有蛋糕、布丁、冰淇淋等。

. . . .

A：케이크로 하겠습니다.
ke.i.keu.ro/ha.get.sseum.ni.da
我要蛋糕。

. . . .

B：어떤 맛으로 드릴까요？
o*.do*n/ma.seu.ro/deu.ril.ga.yo
您要什麼口味的？

. . . .

A：그린티 맛 으로 주세요.
geu.rin.ti/ma.seu.ro/ju.se.yo
請給我 抹茶口味 的。

本文生字

디저트
di.jo*.teu
飯後甜點

푸딩
pu.ding
布丁

맛
mat
味道、口味

替換單字練習

초코맛
cho.ko.mat
巧克力口味

치즈맛
chi.jeu.mat
起司口味

바닐라맛
ba.nil.la.mat
香草口味

情境會話：
詢問飲料要冷飲或熱飲

A：마실 것은 뭘로 하시겠습니까？

ma.sil/go*.seun/mwol.lo/ha.si.get.sseum.ni.

ga

飲料您要喝什麼？

A：커피, 녹차, 홍차, 주스가 있습니다.

ko*.pi//nok.cha//hong.cha//ju.seu.ga/it.

sseum.ni.da

有咖啡、綠茶、紅茶和果汁。

B：홍차 로 주세요.

hong.cha.ro/ju.se.yo

請給我 紅茶 。

A：따뜻한 걸 드릴까요？

da.deu.tan/go*l/deu.ril.ga.yo

您要熱紅茶嗎？

B：아니요, 차가운 걸로 주세요.

a.ni.yo//cha.ga.un/go*l.lo/ju.se.yo

不，請給我冰紅茶。

本文生字

마시다
ma.si.da
喝

따뜻하다
da.deu.ta.da
熱、溫暖

차갑다
cha.gap.da
冰、冷

替換單字練習

저지방우유
jo*.ji.bang.u.yu
低脂牛奶

우롱차
u.rong.cha
烏龍茶

쟈스민차
jya.seu.min.cha
茉莉花茶

情境會話：
詢問咖啡是否可續杯

A：뭘 드시겠어요？

mwol/deu.si.ge.sso*.yo

您要喝什麼？

B：아메리카노 하나랑 과일 빙수 하나
주세요．

a.me.ri.ka.no/ha.na.rang/gwa.il/bing.su/
ha.na/ju.se.yo

請給我一杯美式咖啡和一碗 水果 刨冰。

A：알겠습니다．

al.get.sseum.ni.da

好的。

B：커피 리필 가능할까요？

ko*.pi/ri.pil/ga.neung.hal.ga.yo

咖啡可以續杯嗎？

A：커피 리필은 안 됩니다．

ko*.pi/ri.pi.reun/an/dwem.ni.da

咖啡不可以續杯。

本文生字

리필
ri.pil
續杯

가능하다
ga.neung.ha.da
可能

안 되다
an/dwe.da
不行、不可以

替換單字練習

망고
mang.go
芒果

팥
pat
紅豆

커피
ko*.pi
咖啡

情境會話：
詢問飲料的尺寸

A：주문 도와 드리겠습니다 .
ju.mun/do.wa/deu.ri.get.sseum.ni.da
這裡幫您點餐！

. . . .

B： 카페라떼 한 잔 주세요 .
ka.pe.ra.de/han/jan/ju.se.yo
請給我一杯 拿鐵咖啡。

. . . .

A：컵 사이즈는 어떻게 하시겠습니까 ?
ko*p/sa.i.jeu.neun/o*.do*.ke/ha.si.get.
sseum.ni.ga
您要多大杯？

. . . .

B：큰 걸로 주세요 .
keun/go*l.lo/ju.se.yo
請給我大杯的。

. . . .

A：네 , 삼천삼백원입니다 .
ne//sam.cho*n.sam.be*.gwo.nim.ni.da
好的，這樣是三千三百圓。

本文生字

잔
jan
～杯

컵
ko*p
杯子

사이즈
sa.i.jeu
尺寸

替換單字練習

카라멜마끼아또
ka.ra.mel.ma.gi.a.do
焦糖瑪奇朵

오늘의 커피
o.neu.rui/ko*.pi
今日特價咖啡

카푸치노
ka.pu.chi.no
卡布奇諾

情境會話：
詢問要內用或外帶

A：초코라떼 차가운 거 한 잔 주세요.

cho.ko.ra.de/cha.ga.un/go*/han/jan/ju.se.
yo

請給我一杯冰的巧克力拿鐵。

A：휘핑크림 은 빼 주세요.

hwi.ping.keu.ri.meun/be*/ju.se.yo

請不要幫我加 鮮奶油。

B：네. 여기서 드실 건가요?

ne//yo*.gi.so*/deu.sil/go*n.ga.yo

好的，您要內用嗎？

B：아니면 가져가실 건가요?

a.ni.myo*n/ga.jo*.ga.sil/go*n.ga.yo

還是外帶？

A：가져 갈 겁니다.

ga.jo*/gal/go*m.ni.da

我要外帶。

本文生字

빼다
be*.da
拿掉、剪掉、去除

드시다
deu.si.da
喝、吃（마시다 , 먹다的敬語）

가져가다
ga.jo*.ga.da
帶走

替換單字練習

얼음
o*.reum
冰塊

설탕
so*l.tang
糖

크림
keu.rim
奶油

CHAPTER 01
一日三餐

各式甜點

파이
pa.i
派

도넛
do.no*t
甜甜圈

에그타르트
e.geu.ta.reu.teu
蛋塔

젤리
jel.li
果凍

슈크림
syu.keu.rim
泡芙

아이스바
a.i.seu.ba
冰棒

各式咖啡

에스프레소
e.seu.peu.re.so
濃縮咖啡

그린티 라떼
geu.rin.ti/ra.de
綠茶拿提

카라멜모카
ka.ra.mel.mo.ka
焦糖摩卡

카페모카
ka.pe.mo.ka
摩卡咖啡

블랙커피
beul.le*k.ko*.pi
黑咖啡

헤이즐넛 라떼
he.i.jeul.lo*t/ra.de
榛果那堤

各式茶類

국화차
gu.kwa.cha
菊花茶

장미꽃차
jang.mi.got.cha
玫瑰茶

율무차
yul.mu.cha
薏米茶

대추차
de*.chu.cha
紅棗茶

옥수수차
ok.ssu.su.cha
玉米茶

인삼차
in.sam.cha
人參茶

其他飲料

밀크티
mil.keu.ti
奶茶

딸기 슬러시
dal.gi/seul.lo*.si
草莓冰沙

밀크쉐이크
mil.keu.swe.i.keu
奶昔

아이스티
a.i.seu.ti
冰茶

콜라
kol.la
可樂

사이다
sa.i.da
汽水

Unit7
味道

아주 맛있는데요 .
a.ju/ma.sin.neun.de.yo
很好吃喔！

. . . .

단 것을 좋아해요 .
dan/go*.seul/jjo.a.he*.yo
我喜歡甜食。

. . . .

좀 짜지만 맛있어요 .
jom/jja.ji.man/ma.si.sso*.yo
有點鹹，但很好吃。

. . . .

맛이 좀 쓰네요 .
ma.si/jom/sseu.ne.yo
味道有點苦。

. . . .

이건 냄새가 좀 이상해요 .
i.go*n/ne*m.se*.ga/jom/i.sang.he*.yo
這個味道有點奇怪。

. . . .

재료가 신선해서 맛있어요 .
je*.ryo.ga/sin.so*n.he*.so*/ma.si.sso*.yo
食材新鮮，很好吃。

냄새가 너무 비려서 안 먹어요 .
ne*m.se*.ga/no*.mu/bi.ryo*.so*/an/mo*.go*.
yo
味道太腥了，我不吃。

....

너무 매워요 . 물 좀 주세요 .
no*.mu/me*.wo.yo//mul/jom/ju.se.yo
太辣了，請給我水。

....

고기가 질긴 게 싫어요 .
go.gi.ga/jil.gin/ge/si.ro*.yo
我不喜歡肉是硬的。

....

이건 내 입맛에 안 맞아요 .
i.go*n/ne*/im.ma.se/an/ma.ja.yo
這個不合我的口味。

....

신 맛이 좋아요 .
sin/ma.si/jo.a.yo
我喜歡酸的味道。

情境會話：
品嘗自製泡菜的味道

A : 이건 내가 직접 담근 김치 인데 먹어
봐요 .

i.go*n/ne*.ga/jik.jjo*p/dam.geun/gim.chi.in.
de/mo*.go*/bwa.yo

這是我醃的 泡菜 ，你吃吃看。

B : 매워요 . 근데 맛있어요 .

me*.wo.yo//geun.de/ma.si.sso*.yo

很辣，但很好吃。

A : 맛있죠 ? 많이 먹어요 .

ma.sit.jjyo//ma.ni/mo*.go*.yo

好吃吧？多吃一點。

B : 내가 조금 싸서 집에 가져가도 될까요 ?

ne*.ga/jo.geum/ssa.so*/ji.be/ga.jo*.ga.do/
dwel.ga.yo

我可以包一點帶回家嗎？

A : 네 , 내가 많이 싸 줄게요 .

ne//ne*.ga/ma.ni/ssa/jul.ge.yo

可以，我幫你多包一點。

本文生字

직접
jik.jjo*p
親自、直接

담그다
dam.geu.da
醃製、釀

싸다
ssa.da
打包

替換單字練習

깍두기
gak.du.gi
蘿蔔塊泡菜

배추김치
be*.chu.gim.chi
白菜泡菜

열무김치
yo*l.mu.gim.chi
蘿蔔葉泡菜

情境會話：
表達自己不敢吃酸

A：오렌지주스 마실래？
o.ren.ji.ju.seu/ma.sil.le*
你要喝柳橙汁嗎？

B：난 신 걸 못 먹어．
nan/sin/go*l/mot/mo*.go*
我不敢喝酸的。

A：마셔 봐．안 셔．
ma.syo*/bwa//an/syo*
你喝喝看。不酸。

B：싫어．수박주스 없어？
si.ro*//su.bak.jju.seu/o*p.sso*
不要，沒有 西瓜汁 嗎？

A：없어．어제 수박 안 샀어．
o*p.sso*//o*.je/su.bak/an/sa.sso*
沒有，昨天沒買西瓜。

本文生字

오렌지
o.ren.ji
柳橙

못 먹다
mot/mo*k.da
不敢吃、不能吃

싫다
sil.ta
不要、討厭

替換單字練習

사과주스
sa.gwa.ju.seu
蘋果

키위주스
ki.wi.ju.seu
奇異果果汁

포도주스
po.do.ju.seu
葡萄汁

Track
130

情境會話：
表達食物好吃時

A：오빠 , 국 맛이 어때 ?

o.ba//guk/ma.si/o*.de*

哥，湯味道怎麼樣？

B： 맛이 담백해서 좋아 .

ma.si/dam.be*.ke*.so*/jo.a

味道很清淡，我喜歡 。

A：정말 ? 그럼 이것도 먹어 봐 .

jo*ng.mal//geu.ro*m/i.go*t.do/mo*.go*/bwa

真的嗎？那這個你也嚐嚐看。

B：이건 좀 맵네 . 그래도 맛있다 .

i.go*n/jom/me*m.ne//geu.re*.do/ma.sit.da

這個有點辣耶，可是也好吃。

A：고마워 . 내일도 밥 해 줄게 .

go.ma.wo//ne*.il.do/bap/he*/jul.ge

謝謝，我明天也做飯給你吃。

本文生字

이건
i.go*n
這個（이것은的略語）

그래도
geu.re*.do
雖說如此、還是

밥을 하다
ba.beul/ha.da
做飯

替換短句練習

완전 맛있어요 .
wan.jo*n/ma.si.sso*.yo
超好吃。

생각보다 맛있네요 .
se*ng.gak.bo.da/ma.sin.ne.yo
比想像中要好吃。

맛이 괜찮네요 .
ma.si/gwe*n.chan.ne.yo
味道不錯耶！

CHAPTER 01
一日三餐

情境會話：
表達食物好吃

A：피자가 맛있어요.

pi.ja.ga/ma.si.sso*.yo

披薩好吃。

B：양념치킨도 맛있어요.

yang.nyo*m.chi.kin.do/ma.si.sso*.yo

調味炸雞也好吃。

A：소고기 햄버거는 어때요?

so.go.gi/he*m.bo*.go*.neun/o*.de*.yo

牛肉堡的味道怎麼樣？

B：별로 맛없어요.

byo*l.lo/ma.do*p.sso*.yo

不怎麼好吃。

A：그럼 먹지 마요.

geu.ro*m/mo*k.jji/ma.yo

那不要吃了。

本文生字

맛있다
ma.sit.da
好吃

양념
yang.nyo*m
佐料、調味

별로
byo*l.lo
不怎麼、不太（後方接否定型）

替換單字練習

순살치킨
sun.sal.chi.kin
無骨炸雞

간장치킨
gan.jang.chi.kin
醬油炸雞

순한맛 치킨
sun.han.mat chi.kin
原味炸雞

情境會話 :
表達食物不好吃

A : 맛이 어때요 ?
ma.si/o*.de*.yo
味道怎麼樣 ?

．．．．．．．．．．．．．．．．．．．．．．．．．．．．．．．．．．．．．

B : 맛없어요 .
ma.do*p.sso*.yo
不好吃。

．．．．．．．．．．．．．．．．．．．．．．．．．．．．．．．．．．．．．

A : 왜요 ? 이런 거 좋아하잖아요 .
we*.yo//i.ro*n/go*/jo.a.ha.ja.na.yo
為什麼 ? 你不是喜歡 這種 嗎 ?

．．．．．．．．．．．．．．．．．．．．．．．．．．．．．．．．．．．．．

B : 너무 짜요 .
no*.mu/jja.yo
太鹹了。

．．．．．．．．．．．．．．．．．．．．．．．．．．．．．．．．．．．．．

A : 그러네 . 좀 짜네 . 물 넣고 다시 끓여줘 ?
geu.ro*.ne//jom/jja.ne//mul/no*.ko/da.si/
geu.ryo*.jwo
真的耶，有點鹹，要不要我加水再煮一下 ?

本文生字

좋아하다
jo.a.ha.da
喜歡

그렇다
geu.ro*.ta
那樣

물
mul
水

넣다
no*.ta
加入

替換單字練習

된장찌개
dwen.jang.jji.ge*
大醬鍋

부대찌개
bu.de*.jji.ge*
部隊鍋

各種味道

시다
si.da
酸

달다
dal.da
甜

쓰다
sseu.da
苦

맵다
me*p.da
辣

짜다
jja.da
鹹

느끼하다
neu.gi.ha.da
油膩

國民 **韓語**
會話大全集
국민 한국어회화 표현

Chapter 02

各種話題

Unit1
問候

안녕하세요 .
an.nyo*ng.ha.se.yo
你好嗎？

. . . .

안녕하십니까 ?
an.nyo*ng.ha.sim.ni.ga
您好嗎？

. . . .

안녕 .
an.nyo*ng
你好／再見。

. . . .

잘 지내고 있어요 ?
jal/jji.ne*.go/i.sso*.yo
你過得好嗎？

. . . .

오래간만이에요 .
o.re*.gan.ma.ni.e.yo
好久不見了。

. . . .

그동안 잘 지내셨어요 ?
geu.dong.an/jal/jji.ne*.syo*.sso*.yo
最近過的好嗎？

안녕하세요 . 어디 가요 ?
an.nyo*ng.ha.se.yo//o*.di/ga.yo
你好。你要去哪？

저 다녀왔습니다 .
jo*/da.nyo*.wat.sseum.ni.da
我回來了。

엄마 , 어제 잘 주무셨어요 ?
o*m.ma//o*.je/jal/jju.mu.syo*.sso*.yo
媽，你昨天睡得好嗎？

안녕히 가세요 .
an.nyo*ng.hi/ga.se.yo
請慢走（對要離開的人）。

안녕히 계세요 .
an.nyo*ng.hi/gye.se.yo
請留步（對留在原地的人）。

情境會話：
早上向對方打招呼時

A：**아주머니**, 안녕하세요.
a.ju.mo*.ni//an.nyo*ng.ha.se.yo
阿姨，你好。

. . . .

A：아침부터 어디 가세요?
a.chim.bu.to*/o*.di/ga.se.yo
這麼早您要去哪裡啊？

. . . .

B：시장 가.
si.jang/ga
去市場。

. . . .

A：날씨가 더운데 버스 타고 가세요.
nal.ssi.ga/do*.un.de/bo*.seu/ta.go/ga.se.yo
天氣很熱，您搭公車去吧。

. . . .

B：그래. 너도 회사 잘 다녀 와.
geu.re*//no*.do/hwe.sa/jal/da.nyo*/wa
知道了，你也上班順利。

本文生字

시장
si.jang
市場

덥다
do*p.da
熱

다녀오다
da.nyo*.o.da
去過、去一趟回來

替換單字練習

아저씨
a.jo*.ssi
大叔

할머니
hal.mo*.ni
奶奶

할아버지
ha.ra.bo*.ji
爺爺

情境會話：
向對方打招呼時（在醫院）

A : 선배 , 안녕하세요 .

so*n.be*//an.nyo*ng.ha.se.yo

前輩，你好嗎？

. . . .

A : 선배 왜 여기 있어요 ?

so*n.be*/we*/yo*.gi/i.sso*.yo

前輩為什麼會在這裡？

. . . .

B : 아는 사람 좀 만나러 왔어 .

a.neun/sa.ram/jom/man.na.ro*/wa.sso*

我來見一個人（ 認識的人 ）。

. . . .

B : 미영이도 여긴 어쩐 일이야 ?

mi.yo*ng.i.do/yo*.gin/o*.jjo*n/i.ri.ya

美英你也怎麼會在這裡？

. . . .

A : 친구가 다쳐서 문병하러 왔어요 .

chin.gu.ga/da.cho*.so*/mun.byo*ng.ha.ro*/

wa.sso*.yo

朋友受傷了，我來探望。

本文生字

선배
so*n.be*
前輩、學長姐

다치다
da.chi.da
受傷

문병하다
mun.byo*ng.ha.da
探視、探病

替換單字練習

동료
dong.nyo
同事

친척
chin.cho*k
親戚

동생
dong.se*ng
弟弟、妹妹

情境會話：
晚上向對方道別時

A : 영미 씨 아직 안 갔어요 ?
yo*ng.mi/ssi/a.jik/an/ga.sso*.yo
英美，你還沒走啊？

B : 이제 일 끝나고 가려고요 .
i.je/il/geun.na.go/ga.ryo*.go.yo
現在事情做完要走了。

B : 과장님은 퇴근 안 하세요 ?
gwa.jang.ni.meun/twe.geun/an/ha.se.yo
課長您還不下班嗎？

A : 거래처에서 팩스 받으면 퇴근해요 .
go*.re*.cho*.e.so*/pe*k.sseu/ba.deu.myo*n/
twe.geun.he*.yo
等我收到客戶的 傳真 之後就要下班了。

B : 그럼 저 먼저 갈게요 .
geu.ro*m/jo*/mo*n.jo*/gal.ge.yo
那我先走囉！

本文生字

일이 끝나다
i.ri/geun.na.da
事情結束

거래처
go*.re*.cho*
客戶

퇴근하다
twe.geun.ha.da
下班

替換單字練習

이메일
i.me.il
電子郵件

답장
dap.jjang
回覆、回信

소포
so.po
包裹

情境會話：
回家時

A : 엄마 , 나 다녀왔어요 .
o*m.ma//na/da.nyo*.wa.sso*.yo
媽，我回來了。

B : 잘 다녀왔니 ?
jal/da.nyo*.wan.ni
你回來啦？

B : 저녁은 먹었어 ?
jo*.nyo*.geun/mo*.go*.sso*
吃過晚飯了嗎？

A : 동료 들이랑 같이 먹었어요 .
dong.nyo.deu.ri.rang/ga.chi/mo*.go*.sso*.yo
我跟 同事 們吃過了。

B : 그래 . 피곤하겠다 . 얼른 씻고 쉬어 .
geu.re*//pi.gon.ha.get.da//o*l.leun/ssit.go/
swi.o*
好，你一定很累吧，快點洗個澡休息了。

本文生字

피곤하다
pi.gon.ha.da
疲累、疲倦

씻다
ssit.da
洗澡、漱洗

쉬다
swi.da
休息

替換單字練習

반친구
ban.chin.gu
班上同學

아이
a.i
小孩

후배
hu.be*
後輩、學弟妹

情境會話：
向對方道別時

A : **오빠**, 오늘 즐거웠어요 .
o.ba//o.neul/jjeul.go*.wo.sso*.yo
哥，今天我很開心。

. . . .

A : 집에 데려다 줘서 고마워요 .
ji.be/de.ryo*.da/jwo.so*/go.ma.wo.yo
謝謝你送我回家。

. . . .

B : 날씨가 추우니까 얼른 들어가 .
nal.ssi.ga/chu.u.ni.ga/o*l.leun/deu.ro*.ga
天氣冷，你快進去吧。

. . . .

A : 네 , 오빠도 조심해 가요 .
ne//o.ba.do/jo.sim.he*/ga.yo
好，哥哥你回去注意安全。

. . . .

B : 집에 들어가면 전화할게 .
ji.be/deu.ro*.ga.myo*n/jo*n.hwa.hal.ge
我到家再打給你。

本文生字

즐겁다
jeul.go*p.da
高興、開心

데리다
de.ri.da
帶領

들어가다
deu.ro*.ga.da
進去

替換單字練習

준수 씨
jun.su/ssi
俊秀

민호 씨
min.ho/ssi
敏鎬

선배
so*n.be*
前輩

Unit2
認識朋友

저는 대만 사람이에요 .
jo*.neun/de*.man/sa.ra.mi.e.yo
我是台灣人。

. . . .

어느 나라 사람이에요 ?
o*.neu/na.ra/sa.ra.mi.e.yo
你是哪國人？

. . . .

우리 친구 해요 .
u.ri/chin.gu/he*.yo
我們交個朋友吧。

. . . .

알게 되어 기뻐요 .
al.ge/dwe.o*/gi.bo*.yo
很高興認識你。

. . . .

저는 한국 사람이 아닙니다 .
jo*.neun/han.guk/sa.ra.mi/a.nim.ni.da
我不是韓國人。

. . . .

앞으로 잘 부탁드립니다 .
a.peu.ro/jal/bu.tak.deu.rim.ni.da
往後請多多指教。

우리 좋은 친구가 되었으면 합니다 .
u.ri/jo.eun/chin.gu.ga/dwe.o*.sseu.myo*n/
ham.ni.da
希望我們能成為好朋友。

계속 연락하고 지냅시다 .
gye.sok/yo*l.la.ka.go/ji.ne*p.ssi.da
我們保持聯絡吧。

전화번호 좀 알려주세요 .
jo*n.hwa.bo*n.ho/jom/al.lyo*.ju.se.yo
請告訴我電話號碼。

어디에 살고 있어요 ?
o*.di.e/sal.go/i.sso*.yo
你住在哪裡呢？

혹시 페이스북도 해요 ? 친구추가 해도
될까요 ?
hok.ssi/pe.i.seu.buk.do/he*.yo//chin.gu.
chu.ga/he*.do/dwel.ga.yo
你也有在用 Facebook 嗎？我可以加你為朋友
嗎？

情境會話：
與人初次見面時

A：처음 뵙겠습니다.
cho*.eum/bwep.get.sseum.ni.da
初次見面。

A：저는 김수현입니다.
jo*.neun/gim.su.hyo*.nim.ni.da
我是金秀賢。

B：만나서 반갑습니다.
man.na.so*/ban.gap.sseum.ni.da
很高興認識你。

B：저는 전지현입니다.
jo*.neun/jo*n.ji.hyo*.nim.ni.da
我是全智賢。

A：이것은 제 명함 입니다.
i.go*.seun/je/myo*ng.ha.mim.ni.da
這是我的 名片 。

CHAPTER 02
各種話題

本文生字

처음
cho*.eum
初次、第一次

뵙다
bwep.da
拜見（보다的謙語）

제
je
我的（저의的略語）

替換單字練習

연락처
yo*l.lak.cho*
聯絡方式

전화번호
jo*n.hwa.bo*n.ho
電話號碼

주소
ju.so
地址

情境會話：
向對方索取名片時

A：성함이 어떻게 되세요？
so*ng.ha.mi/o*.do*.ke/dwe.se.yo
請問您貴姓大名？

B：도민준이라고 합니다．
do.min.ju.ni.ra.go/ham.ni.da
我名叫都敏俊。

A：제 이름은 천송이입니다．
je/i.reu.meun/cho*n.song.i.im.ni.da
我的名字是千頌伊。

A：명함을 가지고 계십니까？
myo*ng.ha.meul/ga.ji.go/gye.sim.ni.ga
您有帶名片嗎？

B：네，여기 있습니다．
ne//yo*.gi/it.sseum.ni.da
有，在這裡。

本文生字

성함
so*ng.ham
尊姓大名

이름
i.reum
名字

가지다
ga.ji.da
攜帶、拿

替換單字練習

물건
mul.go*n
物品

여권
yo*.gwon
護照

통장
tong.jang
存折

情境會話：
認識新朋友時

A：이름이 뭐야？
i.reu.mi/mwo.ya
你叫什麼名字？

B：유세미라고 해．
yu.se.mi.ra.go/he*
我叫劉世美。

B：만나서 반갑다．
man.na.so*/ban.gap.da
很高興認識你。

A：나는 여기 반장 이야．
na.neun/yo*.gi/ban.jang.i.ya
我是這裡的 班長 。

A：앞으로 잘 지내자．
a.peu.ro/jal/jji.ne*.ja
以後好好相處吧。

本文生字

반갑다
ban.gap.da
高興

앞으로
a.peu.ro
將來、以後

지내다
ji.ne*.da
過日子

替換單字練習

부반장
bu.ban.jang
副班長

선생님
so*n.se*ng.nim
老師

원장
won.jang
院長

情境會話：
認識韓國人

A：어디에서 오셨어요？
o*.di.e.so*/o.syo*.sso*.yo
您從哪裡來的？

....

B： 대만 에서 왔어요．
de*.ma.ne.so*/wa.sso*.yo
我從 台灣 來的。

....

A：한국말 잘 하시네요．
han.gung.mal/jjal/ha.si.ne.yo
您的韓國話講得真好。

....

A：한국에 뭐 하러 오셨어요？
han.gu.ge/mwo/ha.ro*/o.syo*.sso*.yo
您來韓國做什麼呢？

....

B：그냥 관광하러 왔어요．
geu.nyang/gwan.gwang.ha.ro*/wa.sso*.yo
我只是來觀光。

本文生字

한국말
han.gung.mal
韓國話

관광하다
gwan.gwang.ha.da
觀光

그냥
geu.nyang
只是、就那樣

替換單字練習

일본
il.bon
日本

중국
jung.guk
中國

미국
mi.guk
美國

各國家名稱

캐나다
ke*.na.da
加拿大

영국
yo*ng.guk
英國

프랑스
peu.rang.seu
法國

독일
do.gil
德國

러시아
ro*.si.a
俄羅斯

태국
te*.guk
泰國

各國語言

영어
yo*ng.o*
英語

중국어
jung.gu.go*
中國語

프랑스어
peu.rang.seu.o*
法語

독일어
do.gi.ro*
德語

러시아어
ro*.si.a.o*
俄語

태국어
te*.gu.go*
泰國語

Unit3
天氣

오늘 날씨 참 좋지?
o.neul/nal.ssi/cham/jo.chi
今天天氣很好對吧？

날씨 진짜 좋다!
nal.ssi/jin.jja/jo.ta
天氣真好！

여기 날씨는 좋고 따뜻해요.
yo*.gi/nal.ssi.neun/jo.ko/da.deu.te*.yo
這裡的天氣又好又溫暖。

내일 날씨는 어떨까요?
ne*.il/nal.ssi.neun/o*.do*l.ga.yo
明天的天氣如何呢？

오늘은 맑아요.
o.neu.reun/mal.ga.yo
今天很晴朗。

비가 그쳤어요.
bi.ga/geu.cho*.sso*.yo
雨停了。

해가 나왔어요 .
he*.ga/na.wa.sso*.yo
太陽出來了。

눈이 올 것 같아요 .
nu.ni/ol/go*t/ga.ta.yo
好像會下雪。

바람이 세군요 .
ba.ra.mi/se.gu.nyo
風很強。

오늘은 겨울 같아요 . 너무 추워요 .
o.neu.reun/gyo*.ul/ga.ta.yo//no*.mu/chu.
wo.yo
今天很像冬天，很冷。

기온이 영하예요 .
gi.o.ni/yo*ng.ha.ye.yo
氣溫是零下。

情境會話：
談論韓國的四季

A：한국 계절의 특징을 알려 줘요.
han.guk/gye.jo*.rui/teuk.jjing.eul/al.lyo*/
jwo.yo
請告訴我韓國四季的特徵。

....

B：한국은 사계절이 뚜렷해요.
han.gu.geun/sa.gye.jo*.ri/du.ryo*.te*.yo
韓國四季分明。

....

B：봄은 따뜻하고 가을은 서늘해요.
bo.meun/da.deu.ta.go/ga.eu.reun/so*.neul.
he*.yo
春天溫暖，秋天涼爽。

....

B：여름은 덥고 겨울은 추워요.
yo*.reu.meun/do*p.go/gyo*.u.reun/chu.wo.
yo
夏天熱，冬天冷。

....

A：나는 따뜻한 봄을 좋아해요.
na.neun/da.deu.tan/bo.meul/jjo.a.he*.yo
我喜歡溫暖的春天。

本文生字

계절
gye.jo*l
季節

뚜렷하다
du.ryo*.ta.da
鮮明

따뜻하다
da.deu.ta.da
溫暖

서늘하다
so*.neul.ha.da
涼颼颼

덥다
do*p.da
熱

춥다
chup.da
冷

情境會話：
詢問對方外面天氣如何

A：밖에 날씨가 어때요？

ba.ge/nal.ssi.ga/o*.de*.yo

外面天氣怎麼樣？

B：비가 올 것 같아요.

bi.ga/ol/go*t/ga.ta.yo

好像快下雨了。

A：오늘 우산 안 가져 왔어요.

o.neul/u.san/an/ga.jo*/wa.sso*.yo

我今天沒帶雨傘來。

B：편의점에서 우산 하나 사요.

pyo*.nui.jo*.me.so*/u.san/ha.na/sa.yo

在便利商店買一支傘吧。

A：그럴 수 밖에 없네요.

geu.ro*l/su/ba.ge/o*m.ne.yo

只能那樣了。

本文生字

밖
bak
外面

가져오다
ga.jo*.o.da
帶來、拿來

편의점
pyo*.nui.jo*m
便利商店

우산
u.san
雨傘

替換短句練習

눈이 올 것 같아요 .
nu.ni/ol/go*t/ga.ta.yo
好像要下雪了。

비가 내리는 것 같아요 .
bi.ga/ne*.ri.neun/go*t/ga.ta.yo
好像在下雨。

情境會話：
詢問最近的天氣如何

A：요즘 한국 날씨 좀 어때요？
yo.jeum/han.guk/nal.ssi/jom/o*.de*.yo
最近韓國的天氣如何？

. . . .

B：많이 따뜻해졌어요.
ma.ni/da.deu.te*.jo*.sso*.yo
變得溫暖許多了。

. . . .

A：봄에는 자주 비가 와요？
bo.me.neun/ja.ju/bi.ga/wa.yo
春天常下雨嗎？

. . . .

B：자주 안 와요.
ja.ju/an/wa.yo
不常下雨。

. . . .

A：그럼 봄에 한국에 놀러 가고 싶어요.
geu.ro*m/bo.me/han.gu.ge/nol.lo*/ga.go/si.
po*.yo
那我春天想去韓國玩。

本文生字

날씨
nal.ssi
天氣

자주
ja.ju
經常

놀다
nol.da
玩樂、玩耍

替換短句練習

많이 추워졌어요 .
ma.ni/chu.wo.jo*.sso*.yo
變冷很多了。

많이 더워졌어요 .
ma.ni/do*.wo.jo*.sso*.yo
變熱很多了。

많이 시원해졌어요 .
ma.ni/si.won.he*.jo*.sso*.yo
變涼爽許多了。

各種天氣狀況

햇빛이 강하다
he*t.bi.chi/gang.ha.da
陽光很強

비가 내리다
bi.ga/ne*.ri.da
下雨

눈이 오다
nu.ni/o.da
下雪

바람이 불다
ba.ra.mi/bul.da
颳風

태풍이 오다
te*.pung.i/o.da
颱風來

안개가 끼다
an.ge*.ga/gi.da
起霧

Unit4
婚姻、戀愛

결혼식이 언제예요?
gyo*l.hon.si.gi/o*n.je.ye.yo
結婚典禮是什麼時候？

결혼 축하해요.
gyo*l.hon/chu.ka.he*.yo
恭喜你結婚。

신부는 누구예요?
sin.bu.neun/nu.gu.ye.yo
新娘是誰？

저는 아직 결혼 안 했어요.
jo*.neun/a.jik/gyo*l.hon/an/he*.sso*.yo
我還沒結婚。

아기를 가졌어요.
a.gi.reul/ga.jo*.sso*.yo
我有小孩了。

나 이혼했다.
na/i.hon.he*t.da
我離婚了。

사랑해요 .
sa.rang.he*.yo
我愛你。

뽀뽀해 줘요 .
bo.bo.he*/jwo.yo
親我。

보고 싶어요 .
bo.go/si.po*.yo
我想你。

사랑한다고 말해 줘요 .
sa.rang.han.da.go/mal.he*/jwo.yo
快說你愛我。

사귀는 사람 있어요 ?
sa.gwi.neun/sa.ram/i.sso*.yo
你有在交往的對象嗎？

情境會話：
詢問對方哪時結婚

A：넌 언제 결혼해 ?
no*n/o*n.je/gyo*l.hon.he*
你什麼時候要結婚？

. . . .

B：내년 （일월）쯤에 결혼할 거야 .
ne*.nyo*n/i.rwol.jjeu.me/gyo*l.hon.hal/go*.
ya
明年（一月）左右會結婚。

. . . .

A：와 , 축하해 .
wa//chu.ka.he*
哇！恭喜你。

. . . .

B：네가 내 들러리를 해 줄래 ?
ne.ga/ne*/deul.lo*.ri.reul/he*/jul.le*
你願意當我的伴娘嗎？

. . . .

A：좋지 .
jo.chi
好啊！

本文生字

언제
o*n.je
什麼時候

내년
ne*.nyo*n
明年

들러리
deul.lo*.ri
伴郎、伴娘、儐相

替換單字練習

삼월
sa.mwol
三月

시월
si.wol
十月

유월
yu.wol
六月

情境會話：
看到對方的婚戒時

A：무슨 좋은 일이 있었어요？
mu.seun/jo.eun/i.ri/i.sso*.sso*.yo
你有什麼好事嗎？

B：어제 결혼 반지 받았거든요．
o*.je/gyo*l.hon/ban.ji/ba.dat.go*.deu.nyo
我昨天收到 結婚戒指 了。

A：남자친구한테서요？
nam.ja.chin.gu.han.te.so*.yo
男朋友送的嗎？

B：예，예쁘죠？
ye//ye.beu.jyo
對，很漂亮吧？

A：반지 너무 예뻐요．부럽다．
ban.ji/no*.mu/ye.bo*.yo//bu.ro*p.da
戒指好漂亮喔！真羨慕！

本文生字

반지
ban.ji
戒指

예쁘다
ye.beu.da
漂亮

부럽다
bu.ro*p.da
羨慕

替換單字練習

고백 편지
go.be*k/pyo*n.ji
告白信

생일 선물
se*ng.il/so*n.mul
生日禮物

장미꽃
jang.mi.got
玫瑰花

情境會話：
詢問對方結婚了沒

A：결혼하셨습니까？
gyo*l.hon.ha.syo*t.sseum.ni.ga
您結婚了嗎？

B：네，전 결혼했어요．
ne//jo*n/gyo*l.hon.he*.sso*.yo
是的，我結婚了。

A：결혼한 지 얼마나 됐어요？
gyo*l.hon.han/ji/o*l.ma.na/dwe*.sso*.yo
你結婚多久了？

B：반년쯤 됐어요．
ban.nyo*n.jjeum/dwe*.sso*.yo
有 半年 了。

A：남편분이 잘해 주시죠？
nam.pyo*n.bu.ni/jal.he*/ju.si.jyo
你老公對你很好吧？

本文生字

결혼하다
gyo*l.hon.ha.da
結婚

전
jo*n
我（저는的略語）

남편
nam.pyo*n
老公、丈夫

替換短句練習

5년이 됐어요.
o.nyo*.ni/dwe*.sso*.yo
有五年了。

얼마 안 됐어요.
o*l.ma/an/dwe*.sso*.yo
結婚沒多久。

십이년쯤 됐어요.
si.bi.nyo*n.jjeum/dwe*.sso*.yo
約有 12 年了。

情境會話：
詢問對方是否有交往的對象

A： 남자친구 있어요 ?
nam.ja.chin.gu/i.sso*.yo
你有男朋友嗎 ?

B： 없는데요 .
o*m.neun.de.yo
沒有。

A： 나랑 사귈래요 ?
na.rang/sa.gwil.le*.yo
那你要跟我交往嗎 ?

B： 죄송해요 . 저 좋아하는 사람이 있어요 .
jwe.song.he*.yo//jo*/jo.a.ha.neun/sa.ra.mi/
i.sso*.yo
對不起，我有喜歡的人了。

A： 그래요 ? 그게 누구예요 ?
geu.re*.yo//geu.ge/nu.gu.ye.yo
是嗎 ? 是誰 ?

本文生字

사귀다
sa.gwi.da
交往、結識

사람
sa.ram
人

그게
geu.ge
那個（그것이的略語）

替換單字練習

여자친구
yo*.ja.chin.gu
女朋友

사귀는 사람
sa.gwi.neun/sa.ram
交往的人

만나는 사람
man.na.neun/sa.ram
交往的人

情境會話：
對方感情不順時

A：왜 울어？
we*/u.ro*
你為什麼哭了？

....

B：아니야．아무것도 아니야．
a.ni.ya//a.mu.go*t.do/a.ni.ya
沒有啦，沒事。

....

A：말해 봐．도대체 무슨 일이야？
mal.he*/bwa//do.de*.che/mu.seun/i.ri.ya
說説看吧！到底是什麼事？

....

B：남자친구랑 헤어졌어．
nam.ja.chin.gu.rang/he.o*.jo*.sso*
我跟男朋友分手了。

....

A：또 싸웠어？
do/ssa.wo.sso*
你們又吵架了嗎？

本文生字

울다
ul.da
哭

말하다
mal.ha.da
說

도대체
do.de*.che
到底、究竟

일
il
事情、工作

헤어지다
he.o*.ji.da
分手、分開

싸우다
ssa.u.da
吵架、打架

結婚人物

약혼자
ya.kon.ja
未婚夫

약혼녀
ya.kon.nyo*
未婚妻

신랑
sil.lang
新郎

신부
sin.bu
新娘

신랑 들러리
sil.lang/deul.lo*.ri
伴郎

신부 들러리
sin.bu/deul.lo*.ri
伴娘

Unit5
年紀、體重

몇 년생이에요 ?
myo*t/nyo*n.se*ng.i.e.yo
你幾年生？

. . . .

몇 살이에요 ?
myo*t/sa.ri.e.yo
你幾歲？

. . . .

저보다 한 살 많네요 .
jo*.bo.da/han/sal/man.ne.yo
比我大一歲呢！

. . . .

나보다 두 살 어리네요 .
na.bo.da/du/sal/o*.ri.ne.yo
比我小兩歲呢！

. . . .

나는 스무 살이에요 .
na.neun/seu.mu/sa.ri.e.yo
我二十歲。

. . . .

몸무게가 얼마예요 ?
mom.mu.ge.ga/o*l.ma.ye.yo
你體重多重？

CHAPTER 02
各種話題

내 몸무게는 오십킬로예요 .
ne*/mom.mu.ge.neun/o.sip.kil.lo.ye.yo
我的體重是五十公斤。

저 사실은 사십육킬로예요 .
jo*/sa.si.reun/sa.si.byuk.kil.lo.ye.yo
我其實是四十六公斤。

살이 좀 빠졌군요 .
sa.ri/jom/ba.jo*t.gu.nyo
好像有點變瘦了呢!

저는 다이어트 중이에요 .
jo*.neun/da.i.o*.teu/jung.i.e.yo
我在減肥。

체중을 재어 봤어요 .
che.jung.eul/jje*.o*/bwa.sso*.yo
量了體重。

情境會話：
詢問對方年紀

A：나이가 어떻게 되세요 ?
na.i.ga/o*.do*.ke/dwe.se.yo
您的年紀是？

B：저는 스물 다섯 살입니다 .
jo*.neun/seu.mul/da.so*t/sa.rim.ni.da
我二十五歲。

A：저도 스물 다섯 살이에요 .
jo*.do/seu.mul/da.so*t/sa.ri.e.yo
我也是二十五歲。

A：우리 동갑이네요 .
u.ri/dong.ga.bi.ne.yo
我們同年呢！

B：준수 씨도 말띠 예요 ?
jun.su/ssi.do/mal.di.ye.yo
俊秀你也是 屬馬 的嗎？

本文生字

나이
na.i
年紀

살
sal
歲

동갑
dong.gap
同年、同歲

替換單字練習

용띠
yong.di
屬龍

뱀띠
be*m.di
屬蛇

토끼띠
to.gi.di
屬兔

情境會話：
詢問對方體重

A：나 살 빼고 싶어.
na/sal/be*.go/si.po*
我想減肥。

B：너 지금 몇 킬로야?
no*/ji.geum/myo*t/kil.lo.ya
你現在多重啊？

A：그게 비밀이야.
geu.ge/bi.mi.ri.ya
那是秘密。

B：너 살 쪘지?
no*/sal/jjo*t.jji
你變胖了吧？

A：그런 것 같아. 어떡해?
geu.ro*n/go*t/ga.ta//o*.do*.ke*
好像是，怎麼辦？

CHAPTER 02
各種話題

本文生字

살을 빼다
sa.reul/be*.da
減肥、減重

킬로
kil.lo
公斤

살이 찌다
sa.ri/jji.da
發福、變胖

替換短句練習

60 킬로정도야.
yuk.ssip.kil.lo.jo*ng.do.ya
60 公斤左右

나 70 킬로야.
na/chil.sip.kil.lo.ya
我七十公斤

말해 줄 수 없어.
mal.he*/jul/su/o*p.sso*
不能跟你説

Unit6
外貌、性格

키가 작아요.
ki.ga/ja.ga.yo
個子矮。

. . . .

귀여워요.
gwi.yo*.wo.yo
可愛。

. . . .

날씬해요.
nal.ssin.he*.yo
很苗條。

. . . .

뚱뚱해요.
dung.dung.he*.yo
胖胖的。

. . . .

피부가 까매요.
pi.bu.ga/ga.me*.yo
皮膚黑。

. . . .

참을성이 없어요.
cha.meul.sso*ng.i/o*p.sso*.yo
沒有耐心。

CHAPTER 02
各種話題

신중해요 .
sin.jung.he*.yo
慎重。

용감해요 .
yong.gam.he*.yo
勇敢。

너무 게을러요 .
no*.mu/ge.eul.lo*.yo
很懶惰。

그 사람은 성격이 좋아요 .
geu/sa.ra.meun/so*ng.gyo*.gi/jo.a.yo
他的個性很好。

성격은 급해요 .
so*ng.gyo*.geun/geu.pe*.yo
性子很急。

情境會話：
談論他人外貌

A：나 어제 소개팅에 나갔어요 .
na/o*.je/so.ge*.ting.e/na.ga.sso*.yo
我昨天去聯誼了。

B：그 남자는 어때요 ?
geu/nam.ja.neun/o*.de*.yo
那個男生怎麼樣？

A：잘 생겼어요 . 키도 크고 .
jal/sse*ng.gyo*.sso*.yo//ki.do/keu.go
很帥，個子也高。

A：근데 관심이 없어요 .
geun.de/gwan.si.mi/o*p.sso*.yo
但是我沒興趣。

B：왜요 ?
we*.yo
為什麼？

A：말이 너무 없는 타입이라서요 .
ma.ri/no*.mu/o*m.neun/ta.i.bi.ra.so*.yo
他話太少了。

本文生字

소개팅
so.ge*.ting
聯誼、相親

관심이 없다
gwan.si.mi/o*p.da
不感興趣

타입
ta.ip
類型、樣式

替換短句練習

몸매가 좋아요 .
mom.me*.ga/jo.a.yo
身材好

건강해 보여요 .
go*n.gang.he*/bo.yo*.yo
看起來很健康

다리가 길어요 .
da.ri.ga/gi.ro*.yo
腿長

情境會話：
提及他人性格

A：남자친구랑 잘 되 가 ?
nam.ja.chin.gu.rang/jal/dwe/ga
跟男朋友還順利嗎？

B：네 .
ne
順利。

A：어떤 사람이야 ?
o*.do*n/sa.ra.mi.ya
他是怎樣的人啊？

B：부지런하고 성실한 사람이에요 .
bu.ji.ro*n.ha.go/so*ng.sil.han/sa.ra.mi.e.yo
他是勤勞又實在的人 。

B：나한테도 잘해 주고 .
na.han.te.do/jal.he*/ju.go
對我也很好。

A：지난 번에 보니까 내향적인 편이야 .
ji.nan/bo*.ne/bo.ni.ga/ne*.hyang.jo*.gin/
pyo*.ni.ya
上次看他感覺很內向。

本文生字

잘해 주다
jal.he*/ju.da
對 (某人) 好、善待…

지난 번
ji.nan/bo*n
上次

내향적
ne*.hyang.jo*k
內向的

替換短句練習

착하고 친절한 사람이에요 .
cha.ka.go/chin.jo*l.han/sa.ra.mi.e.yo
他是善良又親切的人。

마음이 넓은 사람이에요 .
ma.eu.mi/no*p.eun/sa.ra.mi.e.yo
他是心胸寬大的人。

유머감각이 있는 사람이에요 .
yu.mo*.gam.ga.gi/in.neun/sa.ra.mi.e.yo
他是很幽默的人。

Unit7
興趣

제 취미는 낚시입니다 .
je/chwi.mi.neun/nak.ssi.im.ni.da
我的興趣是釣魚。

. . . .

춤을 배우고 있어요 .
chu.meul/be*.u.go/i.sso*.yo
我在學跳舞。

. . . .

나는 공부를 잘해요 .
na.neun/gong.bu.reul/jjal.he*.yo
我很會讀書。

. . . .

요즘 인터넷 게임에 폭 빠졌어요 .
yo.jeum/in.to*.net/ge.i.me/puk/ba.jo*.sso*.
yo
我最近愛上了玩網路遊戲。

. . . .

주말에 뭘 하기를 좋아해요 ?
ju.ma.re/mwol/ha.gi.reul/jjo.a.he*.yo
週末你喜歡做什麼?

. . . .

골프에 관심이 있나요 ?
gol.peu.e/gwan.si.mi/in.na.yo
你對高爾夫感興趣嗎?

나는 악기에 관심이 없어요 .
na.neun/ak.gi.e/gwan.si.mi/o*p.sso*.yo
我對樂器不感興趣。

한국 문화에 흥미가 있어요 .
han.guk/mun.hwa.e/heung.mi.ga/i.sso*.yo
我對韓國文化感興趣。

혹시 영어 잘해요 ?
hok.ssi/yo*ng.o*/jal.he*.yo
你很會說英語嗎？

저는 책을 보는 게 좋습니다 .
jo*.neun/che*.geul/bo.neun/ge/jo.sseum.ni.
da
我喜歡看書。

형이 하루종일 컴퓨터 게임만 해요 .
hyo*ng.i/ha.ru.jong.il/ko*m.pyu.to*/ge.im.
man/he*.yo
哥哥一整天都在玩電腦遊戲。

情境會話：
詢問他人興趣為何

A：취미가 뭐예요？
chwi.mi.ga/mwo.ye.yo
你的興趣是什麼？

B：운동 은 내 취미예요.
un.dong.eun/ne*/chwi.mi.ye.yo
運動 是我的興趣。

B：세미 씨는요？
se.mi/ssi.neun.nyo
世美你呢？

A：나는 요리하는 걸 좋아해요.
na.neun/yo.ri.ha.neun/go*l/jo.a.he*.yo
我喜歡做菜。

B：잘하는 요리는 뭐예요？
jal.ha.neun/yo.ri.neun/mwo.ye.yo
你擅長的料理是什麼？

本文生字

취미
chwi.mi
興趣

잘하다
jal.ha.da
擅長、很會做…

替換單字練習

우표 수집
u.pyo / su.jip
收集郵票

수영
su.yo*ng
游泳

쇼핑
syo.ping
購物

태권도
te*.gwon.do
跆拳道

情境會話：
詢問對方喜歡做什麼

A：뭐 하는 걸 좋아해?
mwo/ha.neun/go*l/jo.a.he*
你喜歡做什麼事？

B：피아노 치는 걸 좋아해.
pi.a.no/chi.neun/go*l/jo.a.he*
我喜歡彈鋼琴。

A：난 농구나 축구 하는 걸 좋아해.
nan/nong.gu.na/chuk.gu/ha.neun/go*l/jo.
a.he*
我喜歡打籃球或踢足球。

B：너도 축구를 할 줄 알아?
no*.do/chuk.gu.reul/hal/jjul/a.ra
你也會踢足球？

A：네, 주말에 가끔 친구들이랑 축구 해요.
ne//ju.ma.re/ga.geum/chin.gu.deu.ri.rang/
chuk.gu/he*.yo
對啊，週末我偶爾會跟朋友一起踢足球。

本文生字

피아노를 치다
pi.a.no.reul/chi.da
彈鋼琴

농구
nong.gu
籃球

가끔
ga.geum
偶爾

替換短句練習

노래 할 줄 알아 ?
no.re*/hal/jjul/a.ra
你也會唱歌 ?

야구 할 줄 알아 ?
ya.gu/hal/jjul/a.ra
你也會打棒球 ?

장기 둘 줄 알아 ?
jang.gi/dul/jul/a.ra
你也會下象棋 ?

國民 **韓語**
會話大全集
국민 한국어회화 표현

Chapter 03

日常生活

Unit 1
打電話

누굴 찾으십니까 ?
nu.gul/cha.jeu.sim.ni.ga
您要找誰？

김 부장님과 통화하고 싶은데요 .
gim/bu.jang.nim.gwa/tong.hwa.ha.go/si.
peun.de.yo
我想和金部長通電話。

여보세요 , 김세경 씨 집이죠 ?
yo*.bo.se.yo//gim.se.gyo*ng/ssi/ji.bi.jyo
喂，請問是金世京小姐的家嗎？

담당자에게 전화를 연결해 주세요 .
dam.dang.ja.e.ge/jo*n.hwa.reul/yo*n.gyo*l.
he*/ju.se.yo
幫我把電話轉接給負責人。

죄송합니다만 , 그분은 미국으로 출장
가셨습니다 .
jwe.song.ham.ni.da.man//geu.bu.neun/mi.
gu.geu.ro/chul.jang/ga.syo*t.sseum.ni.da
對不起，他去美國出差了。

저한테 말씀하시면 됩니다 .
jo*.han.te/mal.sseum.ha.si.myo*n/dwem.ni.
da
您可以跟我説。

죄송합니다 . 잘못 걸었어요 .
jwe.song.ham.ni.da//jal.mot/go*.ro*.sso*.yo
對不起，我打錯電話了。

좀 천천히 말씀해 주시겠습니까 ?
jom/cho*n.cho*n.hi/mal.sseum.he*/ju.si.
get.sseum.ni.ga
您可以講慢一點嗎？

좀 큰 소리로 말씀해 주시겠어요 ?
jom/keun/so.ri.ro/mal.sseum.he*/ju.si.ge.
sso*.yo
您可以講大聲一點嗎？

어떻게 연락될 수 있는 방법이 없을까요 ?
o*.do*.ke/yo*l.lak.dwel/su/in.neun/bang.
bo*.bi/o*p.sseul.ga.yo
有沒有什麼方法可以連絡到他？

전화 끊어 주세요 .
jo*n.hwa/geu.no*/ju.se.yo
請您掛斷電話。

情境會話：
對方要找的人不在時

A：여보세요.

yo*.bo.se.yo

喂。

B：안녕하세요. 김 교수님이 사무실에
계세요?

an.nyo*ng.ha.se.yo//gim/gyo.su.ni.mi/sa.
mu.si.re/gye.se.yo

你好，請問金教授在辦公室嗎？

A：교수님은 지금 사무실에 안 계시는데요.

gyo.su.ni.meun/ji.geum/sa.mu.si.re/an/gye.
si.neun.de.yo

教授現在不在辦公室。

A：실례지만, 누구시죠?

sil.lye.ji.man//nu.gu.si.jyo

不好意思，請問您是哪位？

B：저는 교수님 학생 장윤정이라고 합니다.

jo*.neun/gyo.su.nim/hak.sse*ng/jang.yun.
jo*ng.i.ra.go/ham.ni.da

我是教授的學生張允靜。

本文生字

여보세요
yo*.bo.se.yo
（電話中）喂

계시다
gye.si.da
在（있다的敬語）

실례하다
sil.lye.ha.da
不好意思、失禮

替換短句練習

저는 교수님 딸입니다 .
jo*.neun/gyo.su.nim/da.rim.ni.da
我是教授的女兒

여기는 하나은행입니다 .
yo*.gi.neun/ha.na.eun.he*ng.im.ni.da
這裡是 Hana Bank

저는 서울대학교 국제어학원 학생입니다 .
jo*.neun/so*.ul.de*.hak.gyo/guk.jje.o*.ha.
gwon/hak.sse*ng.im.ni.da
我是首爾大學國際語學院的學生

情境會話：
詢問要找的人是否在家

A：여보세요 . 민정이가 집에 있어요 ?
yo*.bo.se.yo//min.jo*ng.i.ga/ji.be/i.sso*.yo
喂，請問敏靜在家嗎？

B：있어요 . 잠시만 기다리세요 .
i.sso*.yo//jam.si.man/gi.da.ri.se.yo
在家，請你等一下。

A：고맙습니다 .
go.map.sseum.ni.da
謝謝。

C：여보세요 .
yo*.bo.se.yo
喂。

A：민정아 , 나야 .
min.jo*ng.a//na.ya
敏靜，是我啦。

本文生字

집
jip
家

고맙다
go.map.da
謝謝

잠시
jam.si
暫時

替換短句練習

전데요 .
jo*n.de.yo
我就是。

민정 씨에게 돌려 드릴게요 .
min.jo*ng/ssi.e.ge/dol.lyo*/deu.ril.ge.yo
我把電話給敏靜。

잠시만요 . 전화 바꿔 드릴게요 .
jam.si.ma.nyo//jo*n.hwa/ba.gwo/deu.ril.ge.
yo
請稍等，我把電話交給他。

情境會話：
請對方晚點再撥電話過來

A : 민준 씨 좀 바꿔 주세요.

min.jun/ssi/jom/ba.gwo/ju.se.yo

麻煩請敏俊聽電話。

B : 잠시만요.

jam.si.ma.nyo

請稍等。

B : 죄송하지만 민준이가 지금 통화중이에요.

jwe.song.ha.ji.man/min.ju.ni.ga/ji.geum/

tong.hwa.jung.i.e.yo

對不起，敏俊現在正在講電話。

B : 좀 이따가 다시 전화해 주시겠어요?

jom/i.da.ga/da.si/jo*n.hwa.he*/ju.si.ge.sso*.

yo

你可以 待會 再撥電話過來嗎？

A : 네, 이십분 후 다시 전화하겠습니다.

ne//i.sip.bun/hu/da.si/jo*n.hwa.ha.get.

sseum.ni.da

好，20 分後我會再打電話來。

本文生字

바꾸다
ba.gu.da
交換、更換

통화중
tong.hwa.jung
通話中

전화하다
jo*n.hwa.ha.da
打電話

替換單字練習

10 분 뒤에
sip.bun/dwi.e
10 分鐘後

나중에
na.jung.e
以後

점심 시간 후에
jo*m.sim/si.gan/hu.e
午餐時間之後

情境會話：
打錯電話時

A：여보세요.
yo*.bo.se.yo
喂。

B：선배, 전 미연이에요.
so*n.be*//jo*n/mi.yo*.ni.e.yo
前輩，我是美妍。

A：네? 누구시라고요?
ne//nu.gu.si.ra.go.yo
嗯？您是哪位？

B：최미연이라고요. 김재경 선배 아니세요?
chwe.mi.yo*.ni.ra.go.yo//gim.je*.gyo*ng/
so*n.be*/a.ni.se.yo
我是崔美妍，您不是金載京前輩嗎?

A：아닙니다. 전화 잘못 거셨습니다.
a.nim.ni.da//jo*n.hwa/jal.mot/go*.syo*t.
sseum.ni.da
不是，您打錯電話了。

本文生字

누구
nu.gu
誰

잘못
jal.mot
錯誤地

전화를 걸다
jo*n.hwa.reul/go*l.da
撥電話、打電話

替換單字練習

박 선생님 아니세요 ?
bak/so*n.se*ng.nim/a.ni.se.yo
您不是朴老師嗎 ?

수현 오빠 아니에요 ?
su.hyo*n/o.ba/a.ni.e.yo
你不是秀賢哥嗎 ?

김태희 씨 아닙니까 ?
gim.te*.hi/ssi/a.nim.ni.ga
你不是金泰熙嗎 ?

Unit2
搭乘大眾運輸

버스 정류장은 어디입니까 ?
bo*.seu/jo*ng.nyu.jang.eun/o*.di.im.ni.ga
公車站牌在哪裡？

어느 버스를 타야 되나요 ?
o*.neu/bo*.seu.reul/ta.ya/dwe.na.yo
我應該搭哪一輛公車呢？

어디에서 내려야 하나요 ?
o*.di.e.so*/ne*.ryo*.ya/ha.na.yo
我應該在哪裡下車？

다음 버스는 몇 시에 옵니까 ?
da.eum/bo*.seu.neun/myo*t/si.e/om.ni.ga
下一台公車幾點來？

지하철을 타고 갑시다 .
ji.ha.cho*.reul/ta.go/gap.ssi.da
我們搭地鐵去吧。

지하철 일번 출구로 나가세요 .
ji.ha.cho*l/il.bo*n/chul.gu.ro/na.ga.se.yo
請從地鐵一號出口出去。

트렁크 좀 열어 주세요 .
teu.ro*ng.keu/jom/yo*.ro*/ju.se.yo
請打開後車廂。

요금이 얼마나 됩니까 ?
yo.geu.mi/o*l.ma.na/dwem.ni.ga
費用多少錢？

여기 세워 주세요 .
yo*.gi/se.wo/ju.se.yo
請您在這裡停車。

여기 내려 주세요 .
yo*.gi/ne*.ryo*/ju.se.yo
我要在這裡下車。

여기에 주차해도 되나요 ?
yo*.gi.e/ju.cha.he*.do/dwe.na.yo
我可以在這裡停車嗎？

情境會話：
在機場搭機場巴士時

A : 서울 시내에 가는 버스가 몇 번입니까？

so*.ul/si.ne*.e/ga.neun/bo*.seu.ga/myo*t/
bo*.nim.ni.ga

請問去首爾市區的公車是幾號呢？

．．．．．．．．．．．．．．．．．．．．．．．．．．．．．．

B : 서울 어디로 가세요？

so*.ul/o*.di.ro/ga.se.yo

您要去首爾哪裡？

．．．．．．．．．．．．．．．．．．．．．．．．．．．．．．

A : 영등포 에 가려고 합니다 .

yo*ng.deung.po.e/ga.ryo*.go/ham.ni.da

我要去 永登浦 。

．．．．．．．．．．．．．．．．．．．．．．．．．．．．．．

B : 저기 6008 번 버스를 타세요 .

jo*.gi/yuk.cho*n.pal.bo*n/bo*.seu.reul/ta.
se.yo

您搭那裡的 6008 號公車。

．．．．．．．．．．．．．．．．．．．．．．．．．．．．．．

A : 가르쳐 주셔서 감사합니다 .

ga.reu.cho*/ju.syo*.so*/gam.sa.ham.ni.da

謝謝您告訴我。

CHAPTER 03
日常生活

本文生字

시내
si.ne*
市區

버스
bo*.seu
公車

저기
jo*.gi
那裡、那邊

替換單字練習

용산역
yong.sa.nyo*k
龍山站

남대문시장
nam.de*.mun.si.jang
南大門市場

성균관대학교
so*ng.gyun.gwan.de*.hak.gyo
成均館大學

情境會話：
搭計程車時

A：어디로 모실까요？

o*.di.ro/mo.sil.ga.yo

要載您去哪裡？

B：인천공항까지 부탁합니다．

in.cho*n.gong.hang.ga.ji/bu.ta.kam.ni.da

麻煩載我到機場。

B：공항까지 시간이 얼마나 걸립니까？

gong.hang.ga.ji/si.ga.ni/o*l.ma.na/go*l.lim.
ni.ga

到機場要花多少時間？

A：오십분정도 걸립니다．

o.sip.bun.jo*ng.do/go*l.lim.ni.da

大概要花五十分鐘。

A：자，공항에 도착했습니다．

ja//gong.hang.e/do.cha.ke*t.sseum.ni.da

好了，機場到了。

CHAPTER 03
日常生活

本文生字

모시다
mo.si.da
陪同、引導

시간이 걸리다
si.ga.ni/go*l.li.da
花時間

도착하다
do.cha.ka.da
抵達、到達

替換短句練習

공항까지 갑시다 .
gong.hang.ga.ji/gap.ssi.da
我們去機場吧。

청담동으로 가 주세요 .
cho*ng.dam.dong.eu.ro/ga/ju.se.yo
請載我到清潭洞。

이 주소로 가 주세요 .
i/ju.so.ro/ga/ju.se.yo
請載我到這個住址。

情境會話：
搭地鐵時

A : 명동으로 가려면 몇 호선을 타야 합니까 ?
myo*ng.dong.eu.ro/ga.ryo*.myo*n/myo*.to.
so*.neul/ta.ya/ham.ni.ga
請問去明洞要搭幾號線？

. . . .

B : 사호선을 타세요 .
sa.ho.so*.neul/ta.se.yo
請你搭四號線。

. . . .

A : 어디서 갈아타야 합니까 ?
o*.di.so*/ga.ra.ta.ya/ham.ni.ga
我要在哪裡換車？

. . . .

B : 동대문 역 에서 갈아타세요 .
dong.de*.mun/yo*.ge.so*/ga.ra.ta.se.yo
請你在東大門站換車。

. . . .

A : 고맙습니다 .
go.map.sseum.ni.da
謝謝您。

本文生字

몇 호선
myo*.to.so*n
幾號線

타다
ta.da
搭乘

갈아타다
ga.ra.ta.da
換車、換乘

替換單字練習

충무로역
chung.mu.ro.yo*k
忠武路

서울역
so*.ul.lyo*k
首爾站

동대문역사문화공원역
dong.de*.mu.nyo*k.ssa.mun.hwa.gong.wo.
nyo*k
東大門歷史文化公園站

情境會話：
在加油站

A：어떤 걸로 넣어 드릴까요 ?
o*.do*n/go*l.lo/no*.o*/deu.ril.ga.yo
幫您加哪種汽油 ?

B：고급 휘발유 를 넣어 주세요 .
go.geup/hwi.bal.lyu/reul/no*.o*/ju.se.yo
請幫我加 高級汽油 。

A：얼마나 넣어 드릴까요 ?
o*l.ma.na/no*.o*/deu.ril.ga.yo
幫要您加多少 ?

B：가득 넣어 주세요 .
ga.deuk/no*.o*/ju.se.yo
請幫我加滿。

A：삼만원인데요 .
sam.ma.nwo.nin.de.yo
這樣三萬韓圜。

本文生字

걸
go*l
（것을的略語）

넣다
no*.ta
加入

가득
ga.deuk
滿滿地、充滿

替換單字練習

보통 휘발유
bo.tong/hwi.bal.lyu
一般汽油

최고급 휘발유
chwe.go.geup/hwi.bal.lyu
最高級汽油

경유
gyo*ng.yu
柴油

Unit3
問路

병원을 찾고 있습니다 .
byo*ng.wo.neul/chat.go/it.sseum.ni.da
我在找醫院。

. . . .

길을 좀 물어 봐도 될까요 ?
gi.reul/jjom/mu.ro*/bwa.do/dwel.ga.yo
我可以問個路嗎 ?

. . . .

여기서 아주 가까워요 .
yo*.gi.so*/a.ju/ga.ga.wo.yo
離這裡很近。

. . . .

걸어서 갈 수 있어요 ?
go*.ro*.so*/gal/ssu/i.sso*.yo
走路可以到嗎 ?

. . . .

더 빠른 길은 없나요 ?
do*/ba.reun/gi.reun/o*m.na.yo
沒有更快一點的路嗎 ?

. . . .

실례합니다 . 여기는 어디예요 ?
sil.lye.ham.ni.da/yo*.gi.neun/o*.di.ye.yo
不好意思，請問這裡是哪裡 ?

이 길은 기차역으로 가죠 ?
i/gi.reun/gi.cha.yo*.geu.ro/ga.jyo
這條路會到火車站吧 ?

이 길을 똑바로 가십시오 .
i/gi.reul/dok.ba.ro/ga.sip.ssi.o
請這條路直走。

대학로는 어떻게 가요 ?
de*.hang.no.neun/o*.do*.ke/ga.yo
大學路怎麼去呢 ?

거기에 어떻게 가는지 알려 줄 수 있습니까 ?
go*.gi.e/o*.do*.ke/ga.neun.ji/al.lyo*/jul/su/
it.sseum.ni.ga
您可以告訴我怎麼去那裡嗎 ?

신세계백화점이 어디 있는지 아세요 ?
sin.se.gye.be*.kwa.jo*.mi/o*.di/in.neun.ji/a.
se.yo
您知道新世界百貨公司在哪裡嗎 ?

情境會話：
詢問對方目的地的遠近

A：이 길이 한옥마을로 가는 길 맞아요？
i/gi.ri/ha.nong.ma.eul.lo/ga.neun/gil/ma.ja.
yo

這條路是往 韓屋村 的路嗎？

B：네，맞습니다.
ne//mat.sseum.ni.da

是的，沒錯。

A：걸어서 가면 멀어요？
go*.ro*.so*/ga.myo*n/mo*.ro*.yo

走路去會遠嗎？

B：멀지 않습니다.
mo*l.ji/an.sseum.ni.da

不遠。

B：걸어서 가면 10 분정도입니다.
go*.ro*.so*/ga.myo*n/sip.bun.jo*ng.do.im.ni.
da

走路去的話，大約十分鐘。

本文生字

길
gil
路

맞다
mat.da
正確、沒錯

걷다
go*t.da
走路

替換單字練習

압구정으로
ap.gu.jo*ng.eu.ro
往狎鷗亭

청와대로
cho*ng.wa.de*.ro
往青瓦台

종묘로
jong.myo.ro
往宗廟

情境會話：
詢問廁所在哪裡

A：실례합니다 . 여기 화장실이 있습니까 ?
sil.lye.ham.ni.da//yo*.gi/hwa.jang.si.ri.it.
sseum.ni.ga
不好意思，請問這裡有廁所嗎？

B：네 , 있습니다 .
ne//it.sseum.ni.da
有廁所。

B：삼층에 여자 화장실이랑 남자 화장실이
있습니다 .
sam.cheung.e/yo*.ja/hwa.jang.si.ri.rang/
nam.ja/hwa.jang.si.ri/it.sseum.ni.da
三樓有女生廁所和男生廁所。

A：계단 은 어느 쪽입니까 ?
gye.da.neun/o*.neu/jjo.gim.ni.ga
樓梯在哪一邊？

B：계단은 저쪽입니다 .
gye.da.neun/jo*.jjo.gim.ni.da
樓梯在那邊。

本文生字

화장실
hwa.jang.sil
廁所

삼층
sam.cheung
三樓

어느 쪽
o*.neu/jjok
哪一邊

저쪽
jo*.jjok
那邊

替換單字練習

엘리베이터
el.li.be.i.to*
電梯

에스컬레이터
e.seu.ko*l.le.i.to*
手扶梯

情境會話：
詢問對方銀行的位置

A：이 근처에 은행이 있습니까？
i/geun.cho*.e/eun.he*ng.i/it.sseum.ni.ga
請問這附近有銀行嗎？

. . . .

B：있습니다. 혹시 근처에 있는 롯데마트
아십니까？
it.sseum.ni.da//hok.ssi/geun.cho*.e/in.
neun/rot.de.ma.teu/a.sim.ni.ga
有，你知道附近有一間樂天超市嗎？

. . . .

A：네, 그 마트는 압니다.
ne//geu/ma.teu.neun/am.ni.da
我知道那間超市。

. . . .

B：그 마트 건너편에 우체국이 있어요.
geu/ma.teu/go*n.no*.pyo*.ne/u.che.gu.gi/i.
sso*.yo
那間超市對面有郵局。

. . . .

B：우체국 오른쪽 에 은행이 하나 있습니다.
u.che.guk/o.reun.jjo.ge/eun.he*ng.i/ha.na/
it.sseum.ni.da
郵局 右邊 有一間銀行。

本文生字

마트
ma.teu
超市

건너편
go*n.no*.pyo*n
對面

우체국
u.che.guk
郵局

替換單字練習

왼쪽
wen.jjok
左邊

옆
yo*p
旁邊

뒤
dwi
後面

情境會話：
找地鐵站迷路時

A：실례합니다 . 제가 길을 잃었는데요 .
sil.lye.ham.ni.da//je.ga/gi.reul/i.ro*n.neun.
de.yo
不好意思，我迷路了。

A：지하철역 까지 가는 길 좀 가르쳐 주세요 .
ji.ha.cho*.ryo*k.ga.ji/ga.neun/gil/jom/ga.
reu.cho*/ju.se.yo
請您告訴我怎麼去 地鐵站 。

B：네 , 이 길을 따라 가면 사거리가 나와요 .
ne//i/gi.reul/da.ra/ga.myo*n/sa.go*.ri.ga/
na.wa.yo
好的，沿著這條路走，你會看到十字路口。

B：그 사거리에서 오른쪽으로 가세요 .
geu/sa.go*.ri.e.so*/o.reun.jjo.geu.ro/ga.se.yo
在那個十字路口右轉。

B：그러면 지하철역이 보일 거예요 .
geu.ro*.myo*n/ji.ha.cho*.ryo*.gi/bo.il/go*.
ye.yo
那樣的話，你就會看到地鐵站了。

本文生字

길을 잃다
gi.reul/il.ta
迷路

길을 가르치다
gi.reul/ga.reu.chi.da
指路

보이다
bo.i.da
看得見

替換單字練習

동물원
dong.mu.rwon
動物園

세종문화회관
se.jong.mun.hwa.hwe.gwan
世宗文化會館

경복궁
gyo*ng.bok.gung
景福宮

行進方向

북
buk
北

남
nam
南

동
dong
東

서
so*
西

위
wi
上

아래
a.re*
下

Unit4
在學校

칠판을 보세요 .
chil.pa.neul/bo.se.yo
請看黑板！

··

책을 꺼내세요 .
che*.geul/go*.ne*.se.yo
請把書本拿出來。

··

질문이 있습니다 . 물어봐도 될까요 ?
jil.mu.ni/it.sseum.ni.da//mu.ro*.bwa.do/
dwel.ga.yo
我有問題，可以問嗎？

··

죄송합니다 . 교재를 가져 오지 않았어요 .
jwe.song.ham.ni.da//gyo.je*.reul/ga.jo*/o.ji/
a.na.sso*.yo
對不起，我沒帶教材來。

··

예를 들어 설명해 주세요 .
ye.reul/deu.ro*//so*l.myo*ng.he*/ju.se.yo
請舉例説明。

··

누가 결석했지요 ?
nu.ga/gyo*l.so*.ke*t.jji.yo
誰缺席？

다음부터는 시간 맞춰 오도록 하세요 .

da.eum.bu.to*.neun/si.gan/mat.chwo/o.do.
rok/ha.se.yo

下次請準時過來。

선생님 소리가 멀게 느껴져요 .

so*n.se*ng.nim/so.ri.ga/mo*l.ge/neu.gyo*.
jo*.yo

老師的聲音感覺很遠。

소리가 너무 작네요 .

so.ri.ga/no*.mu/jang.ne.yo

聲音太小了呢！

앞으로 나오세요 .

a.peu.ro/na.o.se.yo

請過來前面。

이해되나요 ?

i.he*.dwe.na.yo

理解嗎？

情境會話：
詢問對方是否為高中生

A：고등학생이야？
go.deung.hak.sse*ng.i.ya
你是高中生嗎？

....

B：아니요，대학생이에요．
a.ni.yo//de*.hak.sse*ng.i.e.yo
不是，我是大學生。

....

A：몇 학년이야？
myo*t/hang.nyo*.ni.ya
你幾年級？

....

B：삼학년 이에요．
sam.hang.nyo*.ni.e.yo
我 三年級 。

....

B：지금은 경희대학교에 다녀요．
ji.geu.meun/gyo*ng.hi.de*.hak.gyo.e/da.
nyo*.yo
目前就讀慶熙大學。

本文生字

고등학생
go.deung.hak.sse*ng
高中生

대학생
de*.hak.sse*ng
大學生

학교에 다니다
hak.gyo.e/da.ni.da
上學、就學

替換單字練習

일학년
il.hang.nyo*n
一年級

이학년
i.hang.nyo*n
二年級

사학년
sa.hang.nyo*n
四年級

情境會話：
開始上課時

A : 자！오늘의 수업을 시작하겠습니다．
ja//o.neu.rui/su.o*.beul/ssi.ja.ka.get.
sseum.ni.da
來，開始來今天的課。

- -

A : 지난 시간에 어디까지 배웠었나요？
ji.nan/si.ga.ne/o*.di.ga.ji/be*.wo.sso*n.na.yo
上次我們學到哪裡？

- -

B : 50 페이지까지 배웠습니다．
o.sip.pe.i.ji.ga.ji/be*.wot.sseum.ni.da
我們學到 50 頁。

- -

A : 그럼 51 페이지 부터 시작합시다．
geu.ro*m/o.si.bil.pe.i.ji.bu.to*/si.ja.kap.ssi.
da
那我們從 51 頁 開始吧。

- -

A : 다 같이 큰 소리로 본문을 읽읍시다．
da/ga.chi/keun/so.ri.ro/bon.mu.neul/il.
geup.ssi.da
大家一起大聲念本文吧。

本文生字

수업
su.o*p
課程

시작하다
si.ja.ka.da
開始

본문
bon.mun
本文

읽다
ik.da
閱讀、朗誦

替換單字練習

32 페이지
sam.si.bi.pe.i.ji
32 頁

다음 페이지
da.eum pe.i.ji
下一頁

情境會話：
詢問對方的學校及科系

A：숙민 씨는 무슨 대학교 , 무슨 학과예요 ?

sung.min/ssi.neun/mu.seun/de*.hak.gyo//

mu.seun/hak.gwa.ye.yo

淑敏你是什麼大學什麼科系的？

- -

B：나는 중국문화대학교 한국어학과
학생이에요 .

na.neun/jung.gung.mun.hwa.de*.hak.gyo/

han.gu.go*.hak.gwa/hak.sse*ng.i.e.yo

我是中國文化大學 韓國語學系 的學生。

- -

A：나는 고려대학교 학생이에요 .

na.neun/go.ryo*.de*.hak.gyo/hak.sse*ng.i.e.
yo

我是高麗大學的學生。

- -

A：한국어 공부는 어때요 ?

han.gu.go*/gong.bu.neun/o*.de*.yo

你覺得學韓國語怎麼樣？

- -

B：좀 어렵지만 재미있어요 .

jom/o*.ryo*p.jji.man/je*.mi.i.sso*.yo

雖然有點難，但很有趣。

本文生字

학과
hak.gwa
科系

고려대학교
go.ryo*.de*.hak.gyo
高麗大學

공부
gong.bu
學習

替換單字練習

회계학
hwe.gye.hak
會計學

정치학
jo*ng.chi.hak
政治學

경영관리학
gyo*ng.yo*ng.gwal.li.hak
經營管理學系

情境會話：
詢問對方畢業後的計畫

A：졸업 후에 뭐 할 거예요 ?
jo.ro*p/hu.e/mwo/hal/go*.ye.yo
畢業後你想做什麼 ?

- -

B：미국으로 유학 가려고 해요 .
mi.gu.geu.ro/yu.hak/ga.ryo*.go/he*.yo
我打算去美國留學。

- -

A：취직 안 할 거예요 ?
chwi.jik/an/hal/go*.ye.yo
你不就業嗎 ?

- -

B：네 , 대학원으로 진학하고 싶어서요 .
ne//de*.ha.gwo.neu.ro/jin.ha.ka.go/si.po*.
so*.yo
對，因為我想念研究所。

- -

A：미국에 가면 공부 더 열심히 해야 해요 .
mi.gu.ge/ga.myo*n/gong.bu/do*/yo*l.sim.
hi/he*.ya/he*.yo
你去美國要更認真念書喔 !

本文生字

유학을 가다
yu.ha.geul/ga.da
去留學

취직을 하다
chwi.ji.geul/ha.da
就業

대학원
de*.ha.gwon
研究所

替換單字練習

수업
su.o*p
課程

퇴근
twe.geun
下班

귀국
gwi.guk
歸國

各類學校

유치원
yu.chi.won
幼稚園

초등학교
cho.deung.hak.gyo
小學

중학교
jung.hak.gyo
國中

고등학교
go.deung.hak.gyo
高中

대학교
de*.hak.gyo
大學

대학원
de*.ha.gwon
研究所

Unit5
在公司

김 사장님께 안부 전해 주십시오 .

gim/sa.jang.nim.ge/an.bu/jo*n.he*/ju.sip.
ssi.o

請替我向金社長問好。

메일 기다리겠습니다 .

me.il/gi.da.ri.get.sseum.ni.da

等待您的回信。

곧 찾아뵙겠습니다 .

got/cha.ja.bwep.get.sseum.ni.da

我將去拜訪您。

그럼 그때 뵙겠습니다 .

geu.ro*m/geu.de*/bwep.get.sseum.ni.da

那麼，到時候見。

저는 삼성전자의 판매 이사입니다 .

jo*.neun/sam.so*ng.jo*n.ja.ui/pan.me*/i.sa.
im.ni.da

我是三星電子的銷售理事。

지난 주 회의에 와 주셔서 감사합니다 .
ji.nan/ju/hwe.ui.e/wa/ju.syo*.so*/gam.sa.
ham.ni.da
謝謝您上星期來參加會議。

가능한 시간에 연락 주십시오 .
ga.neung.han/si.ga.ne/yo*l.lak/ju.sip.ssi.o
請在您方便的時間，與我聯繫。

저희 회사에 오시는 것을 환영합니다 .
jo*.hi/hwe.sa.e/o.si.neun/go*.seul/hwa.
nyo*ng.ham.ni.da
歡迎您來我們公司。

수고하셨어요 .
su.go.ha.syo*.sso*.yo
你辛苦了。

나한테 온 팩스 없어요 ?
na.han.te/on/pe*k.sseu/o*p.sso*.yo
沒有要給我的傳真嗎？

여기에 서명을 해 주시겠어요 ?
yo*.gi.e/so*.myo*ng.eul/he*/ju.si.ge.sso*.yo
您可以在這裡簽名嗎？

情境會話：
老闆剛進公司時

A : 사장님 오늘 일찍 오셨네요.

sa.jang.nim/o.neul/il.jjik/o.syo*n.ne.yo

社長您今天來得很早呢！

B : 오늘 내 미팅이 언제죠?

o.neul/ne*/mi.ting.i/o*n.je.jyo

今天我的會議是什麼時候？

A : 사장님 미팅은 오후 세 시입니다.

sa.jang.nim/mi.ting.eun/o.hu/se/si.im.ni.da

社長您的會議是下午 3 點。

B : 뭐 나한테 연락 온 것이라도 있어요?

mwo/na.han.te/yo*l.lak/on/go*.si.ra.do/i.
sso*.yo

有人要找我的嗎？

A : 네, 대만 회사 장 사장님이 전화가
왔었습니다.

ne//de*.man/hwe.sa/jang/sa.jang.ni.mi/
jo*n.hwa.ga/wa.sso*t.sseum.ni.da

有，台灣公司的張社長有打電話過來。

本文生字

일찍
il.jjik
早、提前

미팅
mi.ting
聚會、會議

연락이 오다
yo*l.la.gi/o.da
來連繫

대만
de*.man
台灣

회사
hwe.sa
公司

전화가 오다
jo*n.hwa.ga/o.da
來電

情境會話：
幫忙上司做事時

A : **팀장님**, 점심 아직 안 드셨어요?
tim.jang.nim//jo*m.sim/a.jik/an/deu.syo*.
sso*.yo

組長，您還沒吃午餐嗎？

. . . .

B : 오후에 중요한 회의가 있어요.
o.hu.e/jung.yo.han/hwe.ui.ga/i.sso*.yo
下午有很重要的會議。

. . . .

B : 회의 준비 하느라 못 먹었어요.
hwe.ui/jun.bi/ha.neu.ra/mot/mo*.go*.sso*.
yo

忙著準備開會的東西，沒能吃午餐。

. . . .

A : 제가 도와 드릴 일이 있습니까?
je.ga/do.wa/deu.ril/i.ri/it.sseum.ni.ga
有我可以幫忙的嗎？

. . . .

B : 그럼 이 자료들을 회의실에 갖다 놔
줄래요?
geu.ro*m/i/ja.ryo.deu.reul/hwe.ui.si.re/gat.
da/nwa/jul.le*.yo
那你可以幫我把這些資料拿到會議室放著嗎？

本文生字

중요하다
jung.yo.ha.da
重要

회의실
hwe.ui.sil
會議室

놓다
no.ta
放下

替換單字練習

사장님
sa.jang.nim
社長、老闆

부장님
bu.jang.nim
部長

비서님
bi.so*.nim
秘書

情境會話：
公司的 Tea Time 時間

A：너무 바빠서 정신이 하나도 없네요.
no*.mu/ba.ba.so*/jo*ng.si.ni/ha.na.do/o*m.
ne.yo

真的是忙得團團轉呢！

. . . .

B：지금 쉬는 시간이에요.
ji.geum/swi.neun/si.ga.ni.e.yo

現在是休息時間。

. . . .

B：좀 쉬었다 해요.
jom/swi.o*t.da/he*.yo

休息一下再做吧。

. . . .

A：커피 한 잔 타 줄 수 있어요?
ko*.pi/han/jan/ta/jul/su/i.sso*.yo

可以幫我泡一杯咖啡嗎？

. . . .

B：커피 금방 타 줄게요. 여기 와서 좀
앉아요.
ko*.pi/geum.bang/ta/jul.ge.yo//yo*.gi/wa.
so*/jom/an.ja.yo

馬上泡咖啡給你，你過來這邊坐吧。

本文生字

정신이 없다
jo*ng.si.ni/o*p.da
忙得不可開交、（精神）恍惚

쉬다
swi.da
休息

시간
si.gan
時間

커피를 타다
ko*.pi.reul/ta.da
泡咖啡

금방
geum.bang
馬上、立即

앉다
an.da
坐

情境會話：
向對方尋求幫助

A：재경 씨, 회의가 몇 시에 시작돼요 ?
je*.gyo*ng/ssi/hwe.ui.ga/myo*t/si.e/si.jak.
dwe*.yo

載京，會議幾點開始呢？

. . . .

B：오후 세 시 에 시작돼요 .
o.hu/se/si.e/si.jak.dwe*.yo

下午三點開始。

. . . .

A：지금 좀 도와 줄 수 있어요 ?
ji.geum/jom/do.wa/jul/su/i.sso*.yo

你現在可以幫忙我嗎？

. . . .

B：네, 뭘 드와 줄까요 ?
ne/mwol/deu.wa/jul.ga.yo

好，幫你什麼？

. . . .

A：이거 사장님께 좀 전해 줄래요 ?
i.go*/sa.jang.nim.ge/jom/jo*n.he*/jul.le*.yo

可以幫我把這個交給社長嗎？

本文生字

도와 주다
do.wa/ju.da
幫…忙

이거
i.go*
這個 (이것的口語化用法)

전하다
jo*n.ha.da
轉交

替換單字練習

한 시
han/si
一點

두 시
du/si
兩點

네 시반
ne/si.ban
四點半

Unit6
醫院、藥局

언제쯤부터 아프기 시작했어요 ?
o*n.je.jjeum.bu.to*/a.peu.gi/si.ja.ke*.sso*.yo
你從什麼時候開始不舒服的呢 ?

- -

온몸이 쑤시고 아파요 .
on.mo.mi/ssu.si.go/a.pa.yo
全身痠痛。

- -

수술을 받으면 입원해야 합니까 ?
su.su.reul/ba.deu.myo*n/i.bwon.he*.ya/
ham.ni.ga
動手術後需要住院嗎 ?

- -

요즘 독감이 유행이에요 .
yo.jeum/dok.ga.mi/yu.he*ng.i.e.yo
最近流行感冒很流行。

- -

약을 드시고 푹 쉬세요 .
ya.geul/deu.si.go/puk/swi.se.yo
吃了藥之後，好好休息吧。

- -

물을 많이 마시는 것이 좋습니다 .
mu.reul/ma.ni/ma.si.neun/go*.si/jo.sseum.
ni.da
最好多喝水。

주사를 맞고 약을 먹으면 괜찮아질
거예요 .

ju.sa.reul/mat.go/ya.geul/mo*.geu.
myo*n/gwe*n.cha.na.jil/go*.ye.yo

打針吃藥之後，會好轉的。

. . . .

감기가 다 나았어요 ?

gam.gi.ga/da/na.a.sso*.yo

你感冒都痊癒了嗎 ？

. . . .

식욕이 없습니다 .

si.gyo.gi/o*p.sseum.ni.da

沒有食欲。

. . . .

이 약은 부작용이 없나요 ?

i/ya.geun/bu.ja.gyong.i/o*m.na.yo

這個藥沒有副作用嗎 ？

. . . .

이 약은 어떻게 먹나요 ?

i/ya.geun/o*.do*.ke/mo*ng.na.yo

這個藥要怎麼吃 ？

情境會話：
對方身體不適時

A：너 안색이 왜 그래？어디 아파？
no*/an.se*.gi/we*/geu.re*//o*.di/a.pa
你臉色怎麼那樣？哪裡不舒服嗎？

. . . .

B： 아침 부터 계속 머리가 아파．
a.chim.bu.to*/gye.sok/mo*.ri.ga/a.pa
從 早上 頭就一直在痛。

. . . .

A：괜찮아？너 열도 있네．
gwe*n.cha.na//no*/yo*l.do/in.ne
沒事吧？你也發燒了耶！

. . . .

A：병원에 가 봐야 하는 거 아니야？
byo*ng.wo.ne/ga/bwa.ya/ha.neun/go*/a.ni.
ya
你是不是要去看醫生啊？

. . . .

B：나 괜찮아．오후에 시험 있어．가면 안 돼．
na/gwe*n.cha.na//o.hu.e/si.ho*m/i.sso*//
ga.myo*n/an/dwe*
我沒事，下午有考試，不能走。

本文生字

안색
an.se*k
臉色

계속
gye.sok
一直、繼續

머리가 아프다
mo*.ri.ga/a.peu.da
頭痛

열이 있다
yo*.ri/it.da
發燒

替換單字練習

어제 밤
o*.je/bam
昨天晚上

오후
o.hu
下午

情境會話：
要求對方帶自己去醫院時

A：오빠 , 나 몸이 좀 안 좋아서 그러는데 ,
o.ba//na/mo.mi/jom/an/jo.a.so*/geu.ro*.
neun.de

哥，我身體有些不舒服，

A：병원에 좀 데려다 줄래 ?
byo*ng.wo.ne/jom/de.ryo*.da/jul.le*

可以帶我去醫院嗎？

B：너 왜 그래 ? 어디 아파 ?
no*/we*/geu.re*//o*.di/a.pa

妳怎麼了？那裡不舒服嗎？

A：나 계속 토하고 온몸에 힘이 없어 .
na/gye.sok/to.ha.go/on.mo.me/hi.mi/o*p.
sso*

我一直吐，全身無力。

B：너 일어날 수 있어 ? 병원 가자 .
no*/i.ro*.nal/ssu/i.sso*//byo*ng.won/ga.ja

你可以站起來嗎？我們去醫院。

本文生字

몸
mom
身體

데리다
de.ri.da
帶領

토하다
to.ha.da
嘔吐

온몸
on.mom
全身

힘이 없다
hi.mi/o*p.da
沒力氣

일어나다
i.ro*.na.da
起來、起床

情境會話：
看醫生時

A : 어디가 아프세요 ?
o*.di.ga/a.peu.se.yo
您哪裡不舒服 ?

B : 어제부터 계속 설사를 해요 .
o*.je.bu.to*/gye.sok/so*l.sa.reul/he*.yo
我從昨天就一直 拉肚子 。

B : 열도 좀 있어요 .
yo*l.do/jom/i.sso*.yo
也有一點發燒。

A : 토하지 않으셨어요 ?
to.ha.ji/a.neu.syo*.sso*.yo
您沒有吐嗎 ?

B : 네 , 토하지 않았어요 .
ne//to.ha.ji/a.na.sso*.yo
我沒有吐。

A : 다른 증상도 있습니까 ?
da.reun/jeung.sang.do/it.sseum.ni.ga
還有其他症狀嗎 ?

本文生字

설사를 하다
so*l.sa.reul/ha.da
拉肚子

다른
da.reun
其他的

증상
jeung.sang
症狀

替換短句練習

기침을 해요 .
gi.chi.meul/he*.yo
咳嗽

콧물이 나요 .
kon.mu.ri/na.yo
流鼻水

목이 아파요 .
mo.gi/a.pa.yo
喉嚨痛

情境會話：
藥局買藥時

A：진통제 가 있나요 ?
jin.tong.je.ga/in.na.yo
有止痛藥嗎 ?

B：있습니다 . 어디가 아프세요 ?
it.sseum.ni.da//o*.di.ga/a.peu.se.yo
有，您哪裡不舒服呢 ?

A：이가 아파요 .
i.ga/a.pa.yo
我牙痛。

B：진통제가 여기 있습니다 .
jin.tong.je.ga/yo*.gi/it.sseum.ni.da
止痛藥在這裡。

B：이거 드시고 치과에 가세요 .
i.go*/deu.si.go/chi.gwa.e/ga.se.yo
服用了之後，去看牙醫吧。

本文生字

이가 아프다
i.ga/a.peu.da
牙痛

치과
chi.gwa
牙科

替換單字練習

감기약
gam.gi.yak
感冒藥

두통약
du.tong.yak
頭痛藥

해열제
he*.yo*l.je
退燒藥

구급상자
gu.geup.ssang.ja
急救箱

各類門診

내과
ne*.gwa
內科

안과
an.gwa
眼科

피부과
pi.bu.gwa
皮膚科

외과
we.gwa
外科

산부인과
san.bu.in.gwa
婦產科

성형외과
so*ng.hyo*ng.we.gwa
整形外科

Unit7
洗衣店、髮廊

이 옷 좀 세탁해 주세요 .
i/ot/jom/se.ta.ke*/ju.se.yo
請幫我洗這件衣服。

. . . .

드라이클리닝으로 해 주세요 .
deu.ra.i.keul.li.ning.eu.ro/he*/ju.se.yo
請幫我用乾洗。

. . . .

비용은 옷 찾으실 때 내시면 돼요 .
bi.yong.eun/ot/cha.jeu.sil/de*/ne*.si.
myo*n/dwe*.yo
費用等來拿衣服時付就可以了。

. . . .

맡긴 양복 찾으러 왔는데요 .
mat.gin/yang.bok/cha.jeu.ro*/wan.neun.de.
yo
我來拿我的西裝。

. . . .

월요일에 롱 원피스 한 벌을 맡겼는데요 .
wo.ryo.i.re/rong/won.pi.seu/han/bo*.reul/
mat.gyo*n.neun.de.yo
星期一我拿一套長洋裝來這裡洗。

머리 자르는 데 얼마죠?
mo*.ri/ja.reu.neun/de/o*l.ma.jyo
剪頭髮多少錢?

. . . .

파마하면 머릿결이 상하나요?
pa.ma.ha.myo*n/mo*.rit.gyo*.ri/sang.ha.na.
yo
燙頭髮會傷髮質嗎?

. . . .

파마랑 염색 같이 해도 괜찮아요?
pa.ma.rang/yo*m.se*k/ga.chi/he*.do/gwe*n.
cha.na.yo
我可以燙髮跟染髮一起用嗎?

. . . .

머리 염색을 하고 싶어요.
mo*.ri/yo*m.se*.geul/ha.go/si.po*.yo
我想染髮。

. . . .

이 색상으로 염색해 주세요.
i/se*k.ssang.eu.ro/yo*m.se*.ke*/ju.se.yo
請用這個顏色幫我染髮。

. . . .

내 헤어스타일 어때?
ne*/he.o*.seu.ta.il/o*.de*
我的髮型怎麼樣?

情境會話：
衣服送洗時

A：정장 한 벌 세탁하러 왔습니다.
jo*ng.jang/han/bo*l/se.ta.ka.ro*/wat.
sseum.ni.da
我是來送洗一件套裝的。

B：성함하고 전화번호를 말씀해 주세요.
so*ng.ham.ha.go/jo*n.hwa.bo*n.ho.reul/
mal.sseum.he*/ju.se.yo
請告訴我你的大名與連絡電話。

A：이름은 김혜연이에요.
i.reu.meun/gim.hye.yo*.ni.e.yo
我的名字是金惠妍。

A：전화번호는 010-1234-5678 입니다.
jo*n.hwa.bo*n.ho.neun/gong.il.gong.e/i.ri.
sam.sa.e/o.yuk.chil.pa.rim.ni.da
電話號碼是 010-1234-5678。

B：이틀쯤 걸려요. 이번 주 수요일 에 오세요.
i.teul.jjeum/go*l.lyo*.yo//i.bo*n/ju/su.yo.i.
re/o.se.yo
要花兩天的時間，這週三過來拿吧。

本文生字

정장
jo*ng.jang
正式服裝

벌
bo*l
〜件、套

말씀하다
mal.sseum.ha.da
說（말하다的敬語）

이틀
i.teul
兩天

替換單字練習

화요일
hwa.yo.il
星期二

토요일
to.yo.il
星期六

情境會話：
剪頭髮時

A：머리를 잘라 주세요.

mo*.ri.reul/jjal.la/ju.se.yo

請幫我剪頭髮。

B：머리를 어떻게 잘라 드릴까요?

mo*.ri.reul/o*.do*.ke/jal.la/deu.ril.ga.yo

頭髮要怎麼幫您剪呢？

A：아주 짧게 잘라 주세요.

a.ju/jjap.ge/jal.la/ju.se.yo

請幫我剪得很短。

B：거울을 보세요. 마음에 드십니까?

go*.u.reul/bo.se.yo//ma.eu.me/deu.sim.ni.
ga

請照鏡子，還滿意嗎？

A：네, 완전 좋아요. 고맙습니다.

ne//wan.jo*n/jo.a.yo//go.map.sseum.ni.da

我很喜歡，謝謝。

本文生字

머리를 자르다
mo*.ri.reul/jja.reu.da
剪頭髮

거울을 보다
go*.u.reul/bo.da
照鏡子

마음에 들다
ma.eu.me/deul.da
滿意、喜歡

替換短句練習

이 헤어스타일과 똑같이 해 주세요.
i/he.o*.seu.ta.il.gwa/dok.ga.chi/he*/ju.se.yo
請幫我剪得和這個髮型一樣。

어깨 길이만큼 잘라 주세요.
o*.ge*/gi.ri.man.keum/jal.la/ju.se.yo
請幫我剪到肩膀的長度。

이 길이로 잘라 주세요.
i/gi.ri.ro/jal.la/ju.se.yo
請幫我剪到這個長度。

情境會話：
燙頭髮時

A：어떤 머리로 하시겠어요？
o*.do*n/mo*.ri.ro/ha.si.ge.sso*.yo
您要用什麼樣的髮型？

B：웨이브 파마 로 해 주세요．
we.i.beu/pa.ma.ro/he*/ju.se.yo
請幫我燙 波浪捲 。

A：네, 앞머리도 손질해 드릴까요？
ne//am.mo*.ri.do/son.jil.he*/deu.ril.ga.yo
好的，瀏海也幫您修一下嗎？

B：그러세요. 파마하는데 얼마나 걸려요？
geu.ro*.se.yo//pa.ma.ha.neun.de/o*l.ma.
na/go*l.lyo*.yo
好，燙頭髮要花多久時間？

A：세 시간정도요．
se/si.gan.jo*ng.do.yo
大概三個鐘頭。

本文生字

머리
mo*.ri
頭髮

앞머리
am.mo*.ri
瀏海

손질하다
son.jil.ha.da
修整

파마하다
pa.ma.ha.da
燙髮

替換單字練習

스트레이트 파마
seu.teu.re.i.teu/pa.ma
平板燙

롤스트레이트 파마
rol.seu.teu.re.i.teu/pa.ma
髮尾捲平板燙

Unit8
購物

면세점은 어디에 있습니까 ?

myo*n.se.jo*.meun/o*.di.e/it.sseum.ni.ga

請問免稅店在哪裡 ?

. . . .

화장품은 어디에서 파나요 ?

hwa.jang.pu.meun/o*.di.e.so*/pa.na.yo

化妝品在哪裡賣 ?

. . . .

예쁜 목도리 보여 주세요 .

ye.beun/mok.do.ri/bo.yo*/ju.se.yo

請給我看看漂亮的圍巾 。

. . . .

어디에서 살 수 있죠 ?

o*.di.e.so*/sal/ssu/it.jjyo

在哪裡可以買的到 ?

. . . .

이건 세일 중입니까 ?

i.go*n/se.il/jung.im.ni.ga

這個在打折嗎 ?

. . . .

품질이 더 좋은 것을 보여 주세요 .

pum.ji.ri/do*/jo.eun/go*.seul/bo.yo*/ju.se.
yo

請給我看看品質更好一點的 。

영수증을 주시겠습니까 ?

yo*ng.su.jeung.eul/jju.si.get.sseum.ni.ga

可以給我收據嗎 ?

생각 좀 해 보고 올게요 .

se*ng.gak/jom/he*/bo.go/ol.ge.yo

我考慮看看再過來。

포장을 해 줄 수 있어요 ?

po.jang.eul/he*/jul/su/i.sso*.yo

可以幫我包裝嗎 ?

이것 공짜로 받을 수 있습니까 ?

i.go*t/gong.jja.ro/ba.deul/ssu/it.sseum.ni.
ga

這個可以免費索取嗎 ?

어디에서 계산하나요 ?

o*.di.e.so*/gye.san.ha.na.yo

在哪結帳呢 ?

情境會話：
剛進入服飾店時

A：뭘 찾으세요？
mwol/cha.jeu.se.yo
您要找什麼？

- -

B：짧은 치마 를 찾고 있습니다．
jjal.beun/chi.ma.reul/chat.go/it.sseum.ni.da
我在找 短裙 。

- -

A：짧은 치마는 다 여기 있습니다．
jjal.beun/chi.ma.neun/da/yo*.gi/it.sseum.
ni.da
短裙都在這裡。

- -

A：색상도 여러가지 있고요．
se*k.ssang.do/yo*.ro*.ga.ji/it.go.yo
有各種顏色。

- -

B：이거 마음에 들어요．얼마예요？
i.go*/ma.eu.me/deu.ro*.yo//o*l.ma.ye.yo
我喜歡這件，多少錢？

本文生字

찾다
chat.da
找尋

색상
se*k.ssang
顏色

여러가지
yo*.ro*.ga.ji
各種、各式各樣

替換單字練習

바지
ba.ji
褲子

외투
we.tu
外套

티셔츠
ti.syo*.cheu
T恤

情境會話：
試穿衣服

A：언니, 이거 입어 봐도 되죠?
o*n.ni//i.go*/i.bo*/bwa.do/dwe.jyo
大姊，這個可以試穿嗎？

B：네, 그러세요.
ne//geu.ro*.se.yo
可以。

B：평소에 스몰 사이즈 입으시죠?
pyo*ng.so.e/seu.mol/sa.i.jeu/i.beu.si.jyo
您平時穿 S 號吧？

A：네, 스몰 사이즈로 주세요.
ne//seu.mol/sa.i.jeu.ro/ju.se.yo
對，請給我 S 號。

B：여기 있습니다. 탈의실은 저쪽입니다.
yo*.gi/it.sseum.ni.da//ta.rui.si.reun/jo*.jjo.
gim.ni.da
在這裡，試衣間在那邊。

本文生字

평소
pyo*ng.so
平時

사이즈
sa.i.jeu
尺寸

입다
ip.da
穿

탈의실
ta.rui.sil
更衣室、試衣間

替換單字練習

미디엄 사이즈
mi.di.o*m/sa.i.jeu
M號

빅 사이즈
bik/ssa.i.jeu
L號

情境會話：
試穿鞋子時

A：어떠세요 ? 잘 맞습니까 ?
o*.do*.se.yo//jal/mat.sseum.ni.ga
怎麼樣？合腳嗎？

B：제가 한 번 걸어 볼게요 .
je.ga/han/bo*n/go*.ro*/bol.ge.yo
我走走看。

B：이건 제게 좀 작아요 .
i.go*n/je.ge/jom/ja.ga.yo
這個我穿 有點小 。

B：한 사이즈 큰 걸로 보여 주시겠어요 ?
han/sa.i.jeu/keun/go*l.lo/bo.yo*/ju.si.ge.
sso*.yo
可以拿大一號的給我看看嗎？

A：잠깐만요 . 여기 있습니다 .
jam.gan.ma.nyo//yo*.gi/it.sseum.ni.da
請稍等，在這裡。

本文生字

맞다
mat.da
適合、正確

걸어보다
go*.ro*.bo.da
走看看

제게
je.ge
對我、向我（저에게的略語）

보여주다
bo.yo*.ju.da
給…看

替換短句練習

너무 커요 .
no*.mu/ko*.yo
太大

너무 작아요 .
no*.mu/ja.ga.yo
太小

情境會話：
詢問是否有其他顏色

A : 이 지갑은 예쁘네요.
i/ji.ga.beun/ye.beu.ne.yo
這個皮夾很美呢！

B : 그것은 요즘 유행하는 스타일입니다.
geu.go*.seun/yo.jeum/yu.he*ng.ha.neun/
seu.ta.i.rim.ni.da
那是最近很流行的款式。

A : 다른 색도 있어요?
da.reun/se*k.do/i.sso*.yo
有其他顏色嗎？

B : 흰색, 빨간색, 검은색, 자주색 있습니다.
hin.se*k//bal.gan.se*k//go*.meun.se*k//ja.
ju.se*k/it.sseum.ni.da
有白色、紅色、黑色和紫色。

A : 검은색 으로 주세요.
go*.meun.se*.geu.ro/ju.se.yo
請給我 黑色 。

本文生字

지갑
ji.gap
皮夾

유행하다
yu.he*ng.ha.da
流行

스타일
seu.ta.il
款式

替換單字練習

분홍색
bun.hong.se*k
粉紅色

파란색
pa.ran.se*k
藍色

녹색
nok.sse*k
綠色

情境會話：
殺價時

A：이거 얼마예요 ?

i.go*/o*l.ma.ye.yo

這個多少錢 ?

B：사만 팔천원입니다 .

sa.man/pal.cho*.nwo.nim.ni.da

四萬八千韓圜。

A：너무 비싸요 . 깎아 주세요 .

no*.mu/bi.ssa.yo//ga.ga/ju.se.yo

太貴了，請算便宜一點。

B：많이 사시면 싸게 드리죠 .

ma.ni/sa.si.myo*n/ssa.ge/deu.ri.jyo

您買多一點，就算您便宜囉！

A：아니에요 . 그냥 이거만 주세요 .

a.ni.e.yo/geu.nyang/i.go*.man/ju.se.yo

不了，給我這個就好。

本文生字

원
won
韓圜（韓國貨幣單位）

비싸다
bi.ssa.da
貴

싸다
ssa.da
便宜

替換短句練習

싸게 해 주세요 .
ssa.ge/he*/ju.se.yo
請算便宜一點

할인해 주세요 .
ha.rin.he*/ju.se.yo
請打折給我

더 싼 것은 없어요 ?
do*/ssan/go*.seun/o*p.sso*.yo
沒有更便宜一點的嗎 ?

情境會話：
結帳時

A：모두 5만7천4백 원입니다.

mo.du/o.man.chil.cho*n.sa.be*.gwo.nim.ni.
da

總共是 五萬七千四百 韓圜。

. . . .

B：신용카드로 지불하시겠어요?

si.nyong.ka.deu.ro/ji.bul.ha.si.ge.sso*.yo

您要刷卡?

. . . .

B：아니면 현금으로 지불하시겠어요?

a.ni.myo*n/hyo*n.geu.meu.ro/ji.bul.ha.si.ge.
sso*.yo

還是付現?

. . . .

A：카드로 지불하겠습니다.

ka.deu.ro/ji.bul.ha.get.sseum.ni.da

我要刷卡。

. . . .

B：고맙습니다. 여기 사인해 주세요.

go.map.sseum.ni.da//yo*.gi/sa.in.he*/ju.se.
yo

謝謝，請在這裡簽名。

本文生字

지불하다
ji.bul.ha.da
付款、支付

현금
hyo*n.geum
現金

사인하다
sa.in.ha.da
簽名

替換單字練習

만원
ma.nwon
一萬

오천삼백원
o.cho*n.sam.be*.gwon
五千三百

십만이천원
sim.ma.ni.cho*.nwon
十萬兩千

Unit9
休閒運動

심심할 때 보통 뭐 해요 ?
sim.sim.hal/de*/bo.tong/mwo/he*.yo
你無聊的時候，一般會做什麼 ？

한가할 때는 소설책을 봐요 .
han.ga.hal/de*.neun/so.so*l.che*.geul/bwa.
yo
空閒時，會看小説。

함께 운동하는 게 어때요 ?
ham.ge/un.dong.ha.neun/ge/o*.de*.yo
我們一起運動，好嗎 ？

벚꽃을 구경하러 가자 .
bo*t.go.cheul/gu.gyo*ng.ha.ro*/ga.ja
我們去賞櫻吧 ！

일주일에 운동을 몇 번 하나요 ?
il.ju.i.re/un.dong.eul/myo*t/bo*n/ha.na.yo
你一週會運動幾次呢 ？

어떤 운동을 잘해요 ?
o*.do*n/un.dong.eul/jjal.he*.yo
你擅長什麼樣的運動 ？

내가 어제 본 영화는 진짜 재미있었어.
ne*.ga/o*.je/bon/yo*ng.hwa.neun/jin.jja/
je*.mi.i.sso*.sso*
我昨天看的電影真的很好看。

. . . .

노래방에 가 본 적이 있어요?
no.re*.bang.e/ga/bon/jo*.gi/i.sso*.yo
你有去過練歌房嗎?

. . . .

같이 공연을 보러 갈래요?
ga.chi/gong.yo*.neul/bo.ro*/gal.le*.yo
要一起去看表演嗎?

. . . .

배드민턴을 잘 칩니까?
be*.deu.min.to*.neul/jjal/chim.ni.ga
你羽毛球打的好嗎?

. . . .

스포츠 경기를 보는 걸 좋아합니다.
seu.po.cheu/gyo*ng.gi.reul/bo.neun/go*l/
jo.a.ham.ni.da
我喜歡看體育比賽。

情境會話：
週末計畫一起去看電影

A：주말에 뭐 하고 싶어요？
ju.ma.re/mwo/ha.go/si.po*.yo
週末你想做什麼？

B：글쎄요．영화나 볼까요？
geul.sse.yo//yo*ng.hwa.na/bol.ga.yo
嗯⋯要不要看部電影？

A：좋죠．나 보고 싶은 영화 있는데요．
jo.chyo//na/bo.go/si.peun/yo*ng.hwa/in.
neun.de.yo
好啊！我有想看的電影耶！

B：어떤 영화예요？
o*.do*n/yo*ng.hwa.ye.yo
那是什麼樣的電影？

A：공포영화 예요．
gong.po.yo*ng.hwa.ye.yo
是恐怖電影。

本文生字

주말
ju.mal
週末

영화를 보다
yo*ng.hwa.reul/bo.da
看電影

替換單字練習

액션영화
e*k.ssyo*n.yo*ng.hwa
動作電影

멜로영화
mel.lo.yo*ng.hwa
愛情電影

코믹영화
ko.mi.gyo*ng.hwa
喜劇片

情境會話：
邀請對方一同去唱歌

A：언제 퇴근해?
o*n.je/twe.geun.he*
你哪時下班？

B：오늘 저녁 다섯 시에 갈 수 있어.
o.neul/jjo*.nyo*k/da.so*t/si.e/gal/ssu/i.
sso*
我今天傍晚五點可以走。

A：잘 됐구나.
jal/dwe*t.gu.na
太好了。

A：우리 저녁 먹고 노래방 에 가자.
u.ri/jo*.nyo*k/mo*k.go/no.re*.bang.e/ga.ja
我們吃完晚餐後，去 KTV 吧。

B：근데 난 노래 못 해.
geun.de/nan/no.re*/mot/he*
可是我不會唱歌。

本文生字

퇴근하다
twe.geun.ha.da
下班

잘 되다
jal/dwe.da
好、順利、成事

노래를 하다
no.re*.reul/ha.da
唱歌

替換單字練習

영화관
yo*ng.hwa.gwan
電影院

극장
geuk.jjang
劇院

박물관
bang.mul.gwan
博物館

情境會話：
詢問對方喜愛的運動為何

A：운동을 좋아해요？
un.dong.eul/jjo.a.he*.yo
你喜歡運動嗎？

B：좋아하지만 운동하는 시간이 별로
없어요．
jo.a.ha.ji.man/un.dong.ha.neun/si.ga.ni/
byo*.l.lo/o*p.sso*.yo
喜歡，但是沒什麼時間運動。

A：무슨 운동을 좋아해요？
mu.seun/un.dong.eul/jjo.a.he*.yo
你喜歡什麼運動？

B：수영 이나 테니스를 좋아해요．
su.yo*ng.i.na/te.ni.seu.reul/jjo.a.he*.yo
我喜歡 游泳 或打網球。

A：테니스 칠 줄 아시는군요．
te.ni.seu/chil/jul/a.si.neun.gu.nyo
原來你會打網球啊！

本文生字

운동하다
un.dong.ha.da
運動

시간이 없다
si.ga.ni/o*p.da
沒時間

테니스를 치다
te.ni.seu.reul/chi.da
打網球

替換單字練習

농구
nong.gu
籃球

등산
deung.san
爬山

조깅
jo.ging
慢跑

情境會話：
計劃假期的活動

A：내일부터 여름 휴가인데 뭐 해?
ne*.il.bu.to*/yo*.reum/hyu ga.in.de/mwo/
he*

明天開始就是夏天休假了，要做什麼啊？

B：날씨가 좋으면 소풍 가자.
nal.ssi.ga/jo.eu.myo*n/so.pung/ga.ja

天氣好的話，我們 去郊遊吧 ！

A：어디로?
o*.di.ro

去哪裡郊遊？

B：서울대공원 어때?
so*.ul.de*.gong.won/o*.de*

去首爾大公園怎麼樣？

A：동물들을 볼 수 있어서 좋아.
dong.mul.deu.reul/bol/su/i.sso*.so*/jo.a

可以看到動物，好啊。

本文生字

여름
yo*.reum
夏天

휴가
hyu.ga
休假

동물
dong.mul
動物

替換短句練習

등산 가자
deung.san/ga.ja
我們去爬山吧

바베큐파티 하자
ba.be.kyu.pa.ti/ha.ja
我們辦烤肉派對吧

낚시 하러 가자
nak.ssi/ha.ro*/ga.ja
我們去釣魚吧

Unit10
旅遊

안내책자를 한 권 주시겠어요 ?

an.ne*.che*k.jja.reul/han/gwon/ju.si.ge.
sso*.yo

可以給我一本旅遊指南嗎 ?

밤에 구경할 만한 곳이 있나요 ?

ba.me/gu.gyo*ng.hal/man.han/go.si/in.na.
yo

晚上有值得逛的地方嗎 ?

매표소가 어디에 있습니까 ?

me*.pyo.so.ga/o*.di.e/it.sseum.ni.ga

售票處在哪呢 ?

오늘 박물관 문을 엽니까 ?

o.neul/bang.mul.gwan/mu.neul/yo*m.ni.ga

今天博物館有開嗎 ?

여기가 어디입니까 ?

yo*.gi.ga/o*.di.im.ni.ga

這裡是哪裡 ?

어디서 서울지도를 구할 수 있나요 ?
o*.di.so*/so*.ul.ji.do.reul/gu.hal/ssu/in.na.
yo
在哪可以領取首爾地圖呢 ?

한국 음식은 뭐가 유명해요 ?
han.guk/eum.si.geun/mwo.ga/yu.myo*ng.
he*.yo
韓國有名的料理是什麼 ?

이 엽서를 대만으로 부치려고 해요 .
i/yo*p.sso*.reul/de*.ma.neu.ro/bu.chi.ryo*.
go/he*.yo
我想把這張明信片寄回台灣。

돈 좀 바꿔 주세요 .
don/jom/ba.gwo/ju.se.yo
請幫我換錢。

한국민속촌에 가려고 합니다 .
han.gung.min.sok.cho.ne/ga.ryo*.go/ham.
ni.da
我想去韓國民俗村。

여기서 사진을 찍어도 될까요 ?
yo*.gi.so*/sa.ji.neul/jji.go*.do/dwel.ga.yo
這裡可以照相嗎 ?

情境會話：
詢問是否有空房間

A：오늘 빈 방이 있습니까？
o.neul/bin/bang.i/it.sseum.ni.ga
今天有空房間嗎？

B：지금은 　더블룸　 하나 있습니다．
ji.geu.meun/do*.beul.lum/ha.na/it.sseum.
ni.da
現在有一間 雙人房 。

B：얼마나 묵으실 겁니까？
o*l.ma.na/mu.geu.sil/go*m.ni.ga
您要住多久？

A：이틀 동안 묵을 겁니다．
i.teul/dong.an/mu.geul/go*m.ni.da
我要住兩天。

B：네，여권 좀 보여 주시겠어요？
ne//yo*.gwon/jom/bo.yo*/ju.si.ge.sso*.yo
好的，您的護照給我看一下。

本文生字

빈방
bin.bang
空房

묵다
muk.da
住宿

여권
yo*.gwon
護照

替換單字練習

싱글룸
sing.geul.lum
單人房

이인실
i.in.sil
兩人房

객실
ge*k.ssil
客房

情境會話：
拍照時

A : 실례합니다만 ,
sil.lye.ham.ni.da.man
不好意思，

A : 사진 좀 찍어 주시겠습니까 ?
sa.jin/jom/jji.go*/ju.si.get.sseum.ni.ga
你可以幫我拍照嗎 ?

B : 네 , 웃으세요 .
ne//u.seu.se.yo
好，請微笑。

B : 찍습니다 . 하나 , 둘 , 셋 !
jjik.sseum.ni.da//ha.na//dul/set
要拍了，一、二、三 !

A : 사진 한 장 더 찍어 주시겠어요 ?
sa.jin/han/jang/do*/jji.go*/ju.si.ge.sso*.yo
你可以再幫我拍一張嗎 ?

本文生字

사진을 찍다
sa.ji.neul/jjik.da
拍照

웃다
ut.da
笑

장
jang
～張

替換短句練習

예쁘게 찍어주셔서 감사합니다.
ye.beu.ge/jji.go*.ju.syo*.so*/gam.sa.ham.ni.
da
謝謝您幫我拍得那麼美。

함께 사진을 찍을 수 있습니까?
ham.ge/sa.ji.neul/jji.geul/ssu/it.sseum.ni.
ga
可以跟你一起拍照嗎？

情境會話：
買票時

A：표 한 장 얼마입니까？
pyo/han/jang/o*l.ma.im.ni.ga
票一張多少錢？

B：어른표 한 장에 삼천원입니다．
o*.reun.pyo/han/jang.e/sam.cho*.nwo.nim.
ni.da
全票 **一張三千韓圜。**

A：어른표 두 장 주세요．
o*.reun.pyo/du/jang/ju.se.yo
請給我兩張全票。

B：여기 있습니다．
yo*.gi/it.sseum.ni.da
票在這裡。

B：입구는 오른쪽에 있습니다．
ip.gu.neun/o.reun.jjo.ge/it.sseum.ni.da
入口在右邊。

本文生字

표
pyo
票

입구
ip.gu
入口

오른쪽
o.reun.jjok
右邊

替換單字練習

입장권
ip.jjang.gwon
入場券

어린이표
o*.ri.ni.pyo
兒童票

청소년표
cho*ng.so.nyo*n.pyo
青少年票

永續圖書
線上購物網

www.foreverbooks.com.tw

◆ 加入會員即享活動及會員折扣。

◆ 每月均有優惠活動，期期不同。

◆ 新加入會員三天內訂購書籍不限本數金額，

　即贈送精選書籍一本。（依網站標示為主）

專業圖書發行、書局經銷、圖書出版

永續圖書總代理：
五觀藝術出版社、培育文化、棋茵出版社、犬拓文化、讚
品文化、雅典文化、知音人文化、手藝家出版社、璞申文
化、智學堂文化、語言鳥文化

活動期內，永續圖書將保留變更或終止該活動之權利及最終決定權。

國家圖書館出版品預行編目資料

國民韓語會話大全集 / 雅典韓研所企編.
-- 初版. -- 新北市：雅典文化, 民103. 12
面；　公分. -- (全民學韓語；22)
ISBN 978-986-5753-29-0 (平裝附光碟片)
1. 韓語 2. 會話
803. 288　　　　　　　　　　　103020557

全民學韓語系列 22

國民韓語會話大全集

編著／雅典韓研所
責編／呂欣穎
美術編輯／蕭若辰
封面設計／劉逸芹

法律顧問：方圓法律事務所／涂成樞律師

總經銷：永續圖書有限公司
永續圖書線上購物網
www.foreverbooks.com.tw

CVS代理／美璟文化有限公司
TEL：(02) 2723-9968
FAX：(02) 2723-9668

出版日／2014年12月

@ 雅典文化

出版社
22103　新北市汐止區大同路三段194號9樓之1
TEL　(02) 8647-3663
FAX　(02) 8647-3660

國民韓語會話大全集

雅致風靡　典藏文化

親愛的顧客您好，感謝您購買這本書。即日起，填寫讀者回函卡寄回至
本公司，我們每月將抽出一百名回函讀者，寄出精美禮物並享有生日當
月購書優惠！想知道更多更即時的消息，歡迎加入"永續圖書粉絲團"
您也可以選擇傳真、掃描或用本公司準備的免郵回函寄回，謝謝。

傳真電話：（02）8647-3660　　　　電子信箱：yungjiuh@ms45.hinet.net

姓名：		性別：	□男　□女
出生日期：　年　　月　　日		電話：	
學歷：		職業：	
E-mail：			
地址：□□□			
從何處購買此書：		購買金額：　　　　元	

購買本書動機：□封面 □書名□排版 □內容 □作者 □偶然衝動

你對本書的意見：
內容：□滿意□尚可□待改進　　編輯：□滿意□尚可□待改進
封面：□滿意□尚可□待改進　　定價：□滿意□尚可□待改進

其他建議：

總經銷：永續圖書有限公司

永續圖書線上購物網
www.foreverbooks.com.tw

您可以使用以下方式將回函寄回。

您的回覆，是我們進步的最大動力，謝謝。

① 使用本公司準備的免郵回函寄回。

② 傳真電話：（02）8647-3660

③ 掃描圖檔寄到電子信箱：

　　yungjiuh@ms45.hinet.net

沿此線對折後寄回，謝謝。

廣 告 回 信
基隆郵局登記證
基隆廣字第056號

 221-03

雅典文化事業有限公司　收
新北市汐止區大同路三段194號9樓之1

雅致風靡　典藏文化